Michael Tosch
Niemals kann ich Euch vergeben
Historien-Krimi

Michael Tosch

Niemals kann ich Euch vergeben

Historien-Krimi

Die Personen und die Handlung des Romans sind frei erfunden. Etwaige Ähnlichkeiten mit tatsächlichen Begebenheiten oder lebenden oder verstorbenen Personen wären rein zufällig.

Impressum
Auflage
1 / 22
Texte: © 2022 Copyright by Michael Tosch
Umschlag: © 2022 Copyright by Michael Tosch
Umschlagfotos © 2020 Ruth Hermann
Verantwortlich
für den Inhalt: Michael Tosch
Gerichtsstraße 23a
65385 Rüdesheim am Rhein
michael.tosch@tosch-team.com

Druck: epubli - ein Service der Neopubli GmbH, Berlin

Mein Dank gilt Franz Stoll und Björn Hermann, die mir bei der Recherche zu diesem Buch geholfen haben.

Bei meiner Frau bedanke ich mich für die Geduld und Nachsicht, die sie für mich aufgebracht hat.

Im Sächsischen Hof

Ulrich schlug die Augen auf. Er fühlte sich, als hätte er die Nacht unter einem Mühlstein liegend verbracht. Ihm war nicht bewusst, ob er überhaupt in Schlaf gefallen war. Er hatte viel geweint und noch immer rannen ihm die Tränen die Wangen hinunter. Wenn er an die Ereignisse des letzten Tages dachte, hätte er am liebsten laut geschrien, doch etwas Unbekanntes schnürte seine Kehle zu. Er hielt es kaum aus, in seinem Bett, in seiner Kammer.

Wo war er überhaupt? Das war nicht seine Kammer. Ulrich versuchte sich zu erinnern. Doch es waren nur Bruchstücke, die im Kopf des Zwölfjährigen langsam hochkamen und sich zu einem Mosaik zusammensetzten.

Er sah seinen Vater, wie er von drei bewaffneten Büttelrn geschlagen und in Ketten gelegt wurde. Als sich Ulrich dazwischenwerfen wollte, schlug einer der Schergen mit einer Lanze nach ihm. Ulrich wurde zwar nicht ohnmächtig, aber er fiel auf den Boden und nahm alles nur noch wie unter einer schweren Decke liegend wahr.

Ihm dämmerte, dass zwei Frauen ihn wegschleppten und jetzt erinnerte er sich auch, dass er in das Haus seines Onkels gebracht wurde. Er musste jetzt im Sächsischen Hof in Mainz sein.

Der Sächsische Hof war ein Gebäude, in dem sich schon seit Jahrhunderten Adlige eines sächsischen Geschlechtes niedergelassen hatten. Jetzt lebte dort sein Onkel Walter von Glaubitz. Der war einer von mehreren Domherren beim Erzbischof Uriel von Gemmingen.

Ulrich richtete sich in dem Bett auf und schaute sich um. Dieses Zimmer, in dem er sich befand, hatte er noch nie zuvor gesehen. War er wirklich im Hause des Onkels?

Plötzlich wurde die Tür geöffnet. Eine Bedienstete betrat den Raum und als sie Ulrich auf dem Bett sitzend erblickte, sprach sie:

»Ich bin gekommen, um mich nach dem jungen Herrn zu erkundigen. Ihr seid im Hause Eures Onkels, der mich zu Euch schickt. Wie befindet Ihr Euch? Hattet Ihr eine gute Nacht?«

»Wer seid Ihr? Ich kenne Euch nicht. Sagt mir Euren Namen.«

»Ich bin Frieda, Dienstmagd des Herrn von Glaubitz.«

»Frieda, sagt meinem Onkel, dass ich mich nicht wohlfühle. Ich möchte meinen Onkel gern sprechen, wenn das möglich ist.«

»Das werde ich gern für Euch ausrichten.«

»Bitte informiert mich über die Antwort des Onkels.«

»Ich bin Euch gern zu Diensten, junger Herr.«

Frieda entschwand und Ulrich erhob sich, ging zum Fensterbogen und schaute hinaus. Wieder kamen ihm die Bilder des Vortags vor Augen und er erschauerte erneut.

In diesem Augenblick wurde die Tür aufgerissen und Walter von Glaubitz stürzte herein. Er eilte auf Ulrich zu und drückte ihn fest in seine Arme und hielt ihn lange.

»Ein Unrecht ist geschehen, Gott, ein schreckliches Unrecht. Aber zunächst zu dir, mein Junge. Ich vernahm, dass es dir nicht gut geht. Wurdest du verwundet, als dich der Büttel niederschlug?«

»Nein, lieber Onkel, keine Wunden. Zumindest keine von Äußerlichkeit. Aber innerlich wurde ich verletzt, als ich mit ansah, dass Vater geschlagen wurde, wie ein räudiger Hund und dass man ihn wegschleppte, wie ein geschlachtetes Schwein. Das hat meine Seele verletzt und ich konnte den Anblick nicht ertragen.«

»Mein Sohn, ich weiß, man hat mir berichtet, dass du dich der Willkür entgegengestellt und dann kam der Niederschlag durch den Büttel des Inquisitors.«

»Mein Onkel, Inquisitor? Welcher Inquisitor will meinem Vater böses?«

»Ich werde es herausfinden. Es gibt da mehrere Möglichkeiten.«

»Was können wir tun, Onkel? Es muss doch möglich sein, dieses zu ergründen.«

»Ich denke, das könnte ich wohl für dich erkunden. Die Anklage gegen deinen Vater werde ich in den Niederschriften des Metropoliten finden. Ich bin in der Lage, diese einzusehen.«

Nachdem Ulrich geschwiegen hatte, nahm ihn sein Onkel erneut in die Arme und drückte ihn an sich.

»Es ist wichtig, dass du dich jetzt erholst. Ruhe benötigst du. Ich werde alles veranlassen, dass dir deine Wünsche erfüllt werden und dass es dir in meinem Hause wohlergehen möge. Wenn du etwas benötigst, Frieda wird dir zur Verfügung stehen. Wenn Du mich benötigst, richte es Frieda aus. Ich werde es einrichten, dich möglichst umgehend zu sehen und mit dir zu sprechen. Hast du jetzt noch einen Wunsch, den ich dir erfüllen kann?«

»Mir ist es wichtig, schnell meinen Vater wieder in Freiheit zu sehen. Alles andere hat keine Bedeutung. Aber ich werde Frieda bitten, mir eine Mahlzeit zu bereiten. Ich bin hungrig. Onkel, ich danke Euch sehr, für Eure Hilfe und Gastfreundschaft.«

»Das versteht sich doch von selbst. dein Vater ist ein alter und wunderbarer Freund und Schwager zu dem. Ich werde alles tun, was in meinen Kräften steht, dir immer Hilfe und Unterstützung zu gewähren. Also, ruh dich bitte aus, ich werde Frieda wieder zu dir senden. Sie steht zu deiner Verfügung. Du, lieber Neffe und ich, wir werden uns täglich sehen.«

Der Onkel verabschiedete sich und verließ den Raum.

Ulrich ging erneut an das Fenster und schaute hinaus. Als Frieda wieder in die Kammer trat, bat er sie, ihm eine Mahlzeit zu bereiten.

»Und Getränke werde ich Euch auch besorgen, junger Herr. Was wünschet Ihr zu trinken?«

»Nur etwas Wasser, ich bin sehr durstig.«

Die Anklage

»Ich freue mich sehr, dich zu sehen.«

Walter von Glaubitz schaute tief in die Augen von Ulrich, seinem Neffen, den er zu sich gerufen hatte.

»Bitte setz dich dort in den Sessel, ich möchte dir erzählen, was ich herausfinden konnte.«

Gehorsam nahm Ulrich seinem Onkel gegenüber in dem Sessel Platz und wartete gespannt auf die Neuigkeiten, die sein Onkel ihm berichten wollte.

»Du weißt, ich bin Domherr hier in Mainz und habe daher viele Informationen über Dinge, die andere nicht wissen. Außerdem bin ich, kraft meines Amtes, in der Lage, vieles mehr in Erfahrung zu bringen, was eigentlich im Verborgenen bleiben soll. Ich habe jetzt in Schriften lesen können, was deinem Vater vorgeworfen wird und weswegen er angeklagt wurde.«

»Onkel, was wirft man Vater vor, wessen ist er angeklagt? Wann wird er freigelassen?«

»Lieber Ulrich, das ist eine längere Geschichte. Ich verstehe deine Ungeduld, aber ich muss dir dazu einiges erklären. Ich bitte dich um etwas Geduld.«

»Ich weiß, ich möchte Vater, so schnell es geht, aus dem Kerker befreien. Ich werde mich zügeln. Bitte erzählt mir, was Ihr erfahren konntet.«

»Ulrich, du weißt, unser Erzbischof ist Uriel von Gemmingen. Also, als du anno 1499 zur Welt kamst, war er bereits viele Jahre in Mainz tätig. Er studierte hier an der

Universität, später in Paris und auch in Padua. Er war auch Domdekan und vor drei Jahren wurde er zum Erzbischof in Mainz geweiht.

Jetzt ist Folgendes geschehen. Ein Mann, von dem ich nicht herausfinden konnte, wer er ist, hat deinen Vater beim Erzbischof angezeigt.

Mein Schwager, also dein Vater, soll öffentlich verlangt haben, dass weltlicher Besitz einzig auch den weltlichen Herren zukommt. In Wahrheit ist es so, dass die Kirche sich vieler weltlicher Besitztümer bemächtigt hat. Dein Vater hätte verlangt, so behauptet man, dass die Kirche nach dem Vorbild Jesu und der Apostel leben solle. Die Kirche solle also in Armut und Gleichheit leben. Der Staat soll ermächtigt werden, das kirchliche Armutsideal durchzusetzen und sei berechtigt, sich kirchlichen Besitz anzueignen. Damit greift dein Vater die Kirche an, das ist eine Straftat, die die Kirche nicht einfach übergehen kann. Wenn also eine solche Anklage dem Erzbischof vorgelegt wird, ist dieser gezwungen, die Inquisition einzuschalten und diese muss den Vorfall untersuchen.

Das bedeutet, dass dein Vater vor das Gericht der Inquisition gestellt und der Ketzerei beschuldigt wird.«

»Onkel, Vater sitzt nun bereits mehrere Wochen im Kerker. Seit mehreren Wochen muss er leiden und ich bin nicht in der Lage ihn zu besuchen, ihn zu sprechen und ihn zu trösten.«

»Lieber Ulrich, mir ist das bewusst. Ich weiß um die Zustände, aber ich habe nicht die Macht, gegen die Inquisition vorzugehen. Du und ich, wir müssen warten, bis der

Prozess stattfindet. Ich bin sicher, dass dein Vater ein gerechtes Urteil bekommt und danach wieder frei sein wird.«

»Besteht keine Möglichkeit, das Ganze zu beschleunigen? Was kann ich tun, damit es früher zu dem Prozess gegen meinen Vater kommt?«

»Ich denke, dass es möglich sein wird, dich mit unserem Erzbischof Uriel von Gemmingen in Kontakt zu bringen. Ich werde ihn ersuchen, dich zu empfangen. Wenn du ihm überzeugend vortragen kannst, wie sehr du um deinen Vater bangst und wie sehr du deinen Vater liebst, vielleicht kann unser Erzbischof den Inquisitor dementsprechend beeinflussen. Ich werde es probieren. Du bekommst Nachricht von mir.«

»Habt Ihr erfahren können, wer der Inquisitor ist, der meinen Vater verhaften ließ?«

»Ja, das konnte ich erfahren, es ist Inquisitor Jakob van Hoogstraten. Seit dem Jahre 1508 wirkt er hier im Bistum als Inquisitor. Sein Vorgänger war Jakob Sprenger. Als Papst Innozenz VIII den Jakob van Hoogstraten zum Inquisitor machte, wies er in der Bestellungsurkunde darauf hin, dass in den Provinzen von Mainz, Menschen durch Dämonen missbraucht werden. Du siehst an alledem, welche strengen Maßstäbe der Herr Inquisitor an den Tag legt. Er wird also auch Strenge bei deinem Vater walten lassen.«

»Was können wir tun, Onkel? Seht Ihr eine Möglichkeit, Vater aus dem Prozess herauszuhalten?«

»Wir haben vielleicht die Möglichkeit, mit unserem Erzbischof darüber zu reden. Bitte, habe Geduld, lieber Ulrich.«

Erzbischof Uriel von Gemmingen

Der Domherr Walter von Glaubitz nahm den jungen Ulrich von Olmen an die Hand. Sie standen vor einer mächtigen Eichentür und warteten darauf, zum Erzbischof von Mainz vorgelassen zu werden.

Es schien, als müssten sie viel Geduld aufbringen. Ulrich war sehr ungeduldig und fragte seinen Onkel:

»Könnt Ihr mir verraten, wie ich den Herrn Erzbischof anreden muss?«

»Rede ihn einfach mit Eure Hochwürdigste Exzellenz an. Das ist üblich.«

In diesem Augenblick öffnete sich die schwere Eichentür und ein Mönch bat die beiden Wartenden herein.

Vor dem Erzbischof fielen sie auf die Knie. Der Erzbischof kam auf die Knieenden zu und reichte seine Hand mit dem Pontifikalring. Walter von Glaubitz küsste den Ring. Dann forderte der Erzbischof die beiden auf, sich zu erheben und sich in die Sessel, ihm gegenüberzusetzen.

»Was ist Euer Begehr?«, fragte er.

Voller Ungeduld ergriff Ulrich das Wort und sagte:

»Eure Hochwürdigste Exzellenz, ich möchte meinen Vater wieder sehen. Er sitzt im Kerker und …«

Ulrich konnte nicht weiterreden, da der Erzbischof seinen Redefluss bremste und ihm ins Wort fiel.

»Was fällt dir ein, beherrsche dich. Du bist nicht dran. Vor dir hat gefälligst der Domherr von Glaubitz das Sagen.«

Ulrich biss sich auf die Lippen und schwieg.

»Eure Hochwürdigste Exzellenz, ich bin der Onkel dieses jungen Mannes. Sein Name ist Ulrich von Olmen. Er musste mitansehen, wie vor vier Wochen sein Vater von den Büttels des Inquisitors geschlagen und festgenommen wurde. Da Ulrich von Olmen keine Mutter mehr hat, sie war meine Schwester und verstarb bei seiner Geburt, habe ich mich seiner angenommen. Er lebt jetzt in meinem Haus. Ich kümmere mich um ihn.«

»Dann kümmere er sich auch um seine Erziehung, er hat noch zu lernen, wie er sich zu verhalten hat. Aber warum kommt Ihr zu mir, was habe ich mit seinem Vater zu tun?«

»Eure Hochwürdigste Exzellenz, Mein Schwager Albert von Olmen, der Vater dieses Jungen hier, ist ein guter und gläubiger Christ. Er ist der Ketzerei angeklagt und ich bin sicher, dass hier ein Irrtum vorliegt. Es kann nicht sein, dass Albert von Olmen ein Ketzer ist. Er ist ein guter Vater und ein guter Christ. Wir möchten Eure Hochwürdigste Exzellenz bitten, Albert von Olmen aus dem Kerker zu befreien.«

»Mein Vater ist unschuldig, er ist kein Ketzer. Eure Hochwürdigste Exzellenz bitte lasst ihn frei.«

»Schon wieder maßt er sich an, ungefragt das Wort zu ergreifen. Er ist noch ein Kind und hat zu schweigen, wenn er nicht gefragt wird.

Walter von Glaubitz, er weiß genau, dass ich nicht befugt bin, in die Macht des Inquisitors einzugreifen. Mir selbst wurde die Klage gegen Albert von Olmen vorgetragen und ich habe davon den Inquisitor Jakob van Hoogstraten in Kenntnis gesetzt.

Wenn Inquisitor Jakob van Hoogstraten entschieden hat, den Albert von Olmen anzuklagen, wird das seine Gründe haben. Wenn Albert von Olmen wirklich ohne Schuld ist, wird er vom Gericht auch nicht unschuldig verurteilt.

Walter von Glaubitz, möge er dafür Sorge tragen, dass dieser Junge dort lernt, sich geziemend zu verhalten. Ich gebe Euch den Rat, bringe er den Kerl zu Heinrich Brömser von Rüdesheim. Der solle ihn zu einem ordentlichen Menschen und zu einem Mann erziehen. Ich möchte ihn hier in Mainz nicht mehr erleben. Hat er mich richtig verstanden?«

»Eure Hochwürdigste Exzellenz, natürlich folge ich Eurem Rat. Ich werde dafür sorgen, dass er bei Heinrich Brömser von Rüdesheim eine Ausbildung erhält und lernt, sich richtig zu verhalten. Ich möchte ihn allerdings auch gern in meinem Haus, im Sächsischen Hof in Mainz bisweilen aufnehmen. Bitte erlaubt mir dieses.«

»Ja, das sei Euch gewährt. Ich weiß, der Junge ist bei Euch gut aufgehoben und in guten Händen. Ihr könnt Euch jetzt entfernen.«

Der Erzbischof wandte sich um und verließ den Raum.

Ulrich wollte etwas sagen, doch Walter von Glaubitz herrschte ihn an: »Schweig jetzt, wir reden später.«

Der Prozess

»Erhebe er sich im Angesicht des Gerichtes Gottes.«

Inquisitor Jakob van Hoogstraten schaute auf den Angeklagten Albert von Olmen herab. Der erhob sich von seinem Stuhl. Es waren jetzt viele Wochen vergangen, dass er von den Bütteln des Inquisitors gefangengenommen wurde. Die Kerkerhaft hatte ihre Spuren hinterlassen. Seine Wangen waren eingefallen, sein Gesicht war bleich und er hatte dunkle Ringe unter seinen Augen.

»Albert von Olmen, Ihr seid der Inquisit«, Jakob van Hoogstraten schaute streng und seine Stimme durchfuhr den Albert von Olmen durch Mark und Bein, »bekenne er sich schuldig, dass er gegen Gottes Willen, die Abschaffung der Kirche gefordert habe?«

Albert von Olmen schwieg und aus seinen Augen war die Angst deutlich zu spüren.

»Er wird beschuldigt, gefordert zu haben, die Kirche zu enteignen und die Besitztümer weltlichen Besitzern zu geben. Hat er solches verlangt. Erkläre er sich.«

»Diese Formulierung entspricht nicht meinen Worten, wer ist es, der mich dessen beschuldigt?«

»Er sollte wissen, dass er den Namen nicht erfahren wird. Wir verhindern dadurch, dass der Beschuldiger nicht Euren Repressalien oder die Eurer Familie ausgesetzt wird.«

»Wie soll ich mich verteidigen, wenn ich die Beschuldigungen im Einzelnen nicht kenne?«

»Er hat die Möglichkeit, seine Schuld zu gestehen. Gesteht er nicht, so bringe er mir zwei Zeugen, die seine Unschuld bezeugen können, dann ist er wieder frei. Er soll aber auch wissen, dass wir die Möglichkeit haben, seine Schuld oder Unschuld durch ein Gottesurteil zu erkennen. Wie sieht er seine Situation? Bekennt er sich schuldig?«

Albert von Olmen überlegte und antwortete mit deutlicher Stimme.

»Lasse der Herr Inquisitor zu, dass ich meine Worte hier richtigstelle?«

»Stelle er die Worte richtig, wenn er es vermag. Also bitte.«

»Meine Worte haben ihre Basis in den Worten unseres Herrn Jesus Christus. Ich bin überzeugt, die Kirche solle nach dem Vorbild Jesu und der Apostel in Armut und Gleichheit leben. Das sind die Worte unseres Herrn, so habe ich Jesus verstanden.«

»Hat er etwa die Wissenschaft der Religion studiert, dass er in der Lage wäre, das zu beurteilen?«

»Nein, ich habe nicht Religion studiert.«

»Dann überlasse er die Auslegungen der Heiligen Schrift den Studierten, den Priestern, den Bischöfen und seiner Heiligkeit in Rom. Ihm wird außerdem zur Last gelegt, die Enteignung der Kirche gefordert zu haben. Was kann er uns dazu erklären?«

»Ich habe gesagt, dass der weltliche Besitz den weltlichen Herren zukommen soll, wenn die Kirche nach dem Vorbild unseres Herrn Jesus in Armut lebt.«

Der Inquisitor blätterte eilfertig in Schriftstücken, die vor ihm auf dem Tisch lagen. Es schien, als würden ihm alle Fakten in Schriftform vorliegen.

»Hier kann ich noch nachlesen, dass er verlauten ließ, dass der Staat die Kirche enteignen solle. Hat er solches von sich gegeben?«

»Ich sagte zu dem, dass der Staat die Aufgabe bekommen solle, wenn sich die Kirche zur Armut und zum Verzicht von Besitztümern bekennen würde, die Besitztümer gerecht zu verteilen.«

»Wie kommt er, verdammt noch mal, zu diesen Aussagen? Das sind Worte des Teufels. Außerdem liegen mir hier Dokumente vor, in denen Ihr schriftlich Eure Forderungen niedergelegt habt, mit dem Ziel es zu veröffentlichen.«

»Niemals habe ich solches zu Papier gebracht. Meine Meinung habe ich lediglich in einem privaten Gespräch anderen vorgetragen. Wir waren fünf Personen und saßen in meinem Hause zu einem Umtrunk zusammen. Aber ich habe all dieses nie niedergeschrieben. Das muss ein Irrtum sein.«

»Unterstellt er mir, dass ich eine Anklage auf Irrtümer aufbaue?«

»Herr Inquisitor, ich unterstelle Euch gar nichts. Ich bin lediglich überzeugt, dass unser Glauben aus der Bibel herkommt. Denn alle Glaubenssätze und alles, was sich nicht aus der Bibel herleiten lässt, ist Anmaßung.«

»Das bezeichnet er als Anmaßung? Ich werde mit den Beisitzern Eure Worte überdenken und wir werden gemeinsam zu einem Urteil kommen.«

Der Inquisitor und drei Dominikanermönche, die neben ihm saßen, erhoben sich und verließen den Gerichtssaal.

Nach wenigen Minuten kehrten sie zurück und nahmen ihre Plätze wieder ein.

Der Inquisitor Jakob van Hoogstraten stand auf und schaute sehr ernst auf den vor ihm stehenden Albert von Olmen.

»Ich habe mich mit den Beisitzern beraten. Nach der Beratung ist es meine Aufgabe, ein Urteil zu sprechen. Da er, Albert von Olmen, ein vollumfängliches Geständnis ablegte, habe ich keine Probleme, seine Schuld zu erkennen. Seine Worte entsprachen genau dem, wessen er beschuldigt wurde.

Ich verurteile ihn daher zu einer Kerkerhaft von zehn Jahren. Da er gestanden hat, bleiben ihm ein Gottesurteil und gar Folter erspart. Da er die Handlungen der Kirche als Anmaßung beurteilt, fällt das Urteil strenger aus, als gewöhnlich. Daher soll er auch spüren, wie es ist, wenn das geschieht, was er der Kirche abverlangt.

Ich verfüge, dass außer der Kerkerhaft, seine Besitztümer, der Hausener Hof in Mainz und welche Gebäude ihm auch sonst noch gehören sollten, ihm enteignet und sein Vermögen ihm abgenommen wird.

Albert von Olmen, seid froh, dass ich Eure schriftlich niedergeschriebenen Forderungen im Urteil nicht berücksichtigt habe, sonst wäret Ihr zum Tode verurteilt worden.

Ich war Euch gegenüber also gnädig. Das Urteil wird sofort vollstreckt. Bringet den Albert von Olmen in den Kerker.«

Ulrich in Rüdesheim

Es dauerte lange, bis Ulrich das Urteil der Inquisition über seinen Vater verarbeitet hatte. Erst ungefähr drei Monate nach der Verurteilung bekam Ulrich die Erlaubnis, seinen Vater im Kerker in Mainz, im Holzturm zu besuchen.

Walter von Glaubitz hatte Ulrich nach Rüdesheim gebracht und Heinrich Brömser von Rüdesheim über die Weisung des Erzbischofs in Kenntnis gesetzt.

Heinrich Brömser führte oft Gespräche mit dem jungen Ulrich von Olmen und kümmerte sich fortan um seine Erziehung und hatte dafür gesorgt, dass Ulrich in einer Art Schule das erlernte, was er fürs Leben benötigte. Ulrich lernte durch seine Lehrer Schreiben und Lesen. Als er des Lesens mächtig war, durfte er die Bibliothek am Brömserhof nutzen und da Ulrich ein gelehriger Schüler war, verschlang er all die Bücher, die ihn interessierten.

Heinrich Brömser hatte dem jungen Mann viele Freiheiten zugestanden. Wenn er den Jungen traf, ließ er sich oft den Beutel mit Münzen zeigen, den dieser am Gürtel trug und steckte dann auch ein oder zwei Geldstücke in Ulrichs Beutel.

»Damit du dir etwas gönnen kannst«, kommentierte er sein Handeln.

Ulrich war nur selten in feste Abläufe eingebunden. Dadurch hatte Ulrich am Brömserhof eine gute Zeit und es ergaben sich immer sehr viel Möglichkeiten, seiner Wege zu gehen.

Der Domherr Walter von Glaubitz ließ den Ulrich mit seiner Kutsche einmal im Monat in Rüdesheim abholen und er konnte dann immer wieder seinen Vater im Kerker besuchen. Im Regelfall übernachtete Ulrich nach dem Besuch des Vaters im Sächsischen Hof des Onkels und wurde am Folgetag wieder nach Rüdesheim gebracht.

Oftmals nutzte er den Aufenthalt in Mainz und ging zum Hausener Hof, der ehemals seinem Vater gehörte. Jetzt war ein anderer Adeliger der Besitzer, der allerdings nicht dort wohnte. Ulrich stand dann vor dem Haus und schwor bei Gott, dass er das Unrecht, das an seinem Vater begangen wurde, eines Tages rächen würde.

Nachdem Ulrich drei Jahre am Brömserhof zugebracht hatte, fand er immer mehr Gefallen an dem kleinen Ort Rüdesheim. Oft lief er durch die engen Gassen und kannte bereits einige Bewohner.

Mit einem jungen Mann, namens Burkhard von Hommen, hatte sich Ulrich angefreundet. Burkhard war bereits als Knappe ausgebildet und beherrschte viele Kampf- und Waffentechniken. Mit seinen 18 Lebensjahren war er zwei Jahre älter als Ulrich. Da sie gemeinsam ihre Zeit verbrachten, kam Burkhard eines Tages auf die Idee, Ulrich in die Kampftechniken einzuweisen, die er bereits selbst beherrschte. Ulrich war davon begeistert, da er in Gesprächen mit Heinrich Brömser von Rüdesheim erfuhr, dass er am Brömserhof nicht zum Knappen erzogen werden konnte, da in Rüdesheim keine Ritter mehr lebten.

Heinrich Brömser von Rüdesheim war beeindruckt von dem Vorschlag, dass Ulrich von Burkhard in Techniken des Kämpfens unterrichtet werden sollte und gestattete das den beiden, verfügte aber, dass die Erziehung des jungen Ulrich weiterhin von ihm selbst übernommen würde.

Und so kam es, dass Burkhard und Ulrich oft im Brömserhof oder im Wald der Umgebung sich im Kampf übten. Ulrich war ein gelehriger Schüler und bald wetteiferten beide in der Beherrschung ihrer Kampfeskünste. Im Fechten war Burkhard der Bessere, allein seine körperliche Größe verschaffte ihm viele Vorteile. Mit der Lanze konnte Ulrich sehr geschickt hantieren und setzte sich auch gegen Burkhard durch.

Eines Tages fragte Ulrich, warum sie bisher noch nie mit Pfeil und Bogen geübt hätten.

»Pfeil und Bogen sind Jagdwaffen«, erklärte der Freund, »sie sind eines Ritters unwürdig, nur das Fußvolk kämpft damit.«

»Das mag sein«, erwiderte Ulrich, »aber was soll uns davon abhalten, damit zu üben. Wir können uns doch, in der Kunst des Jagens üben. Was meinst du?«

Burkhard war sehr angetan von dem Vorschlag und sie nahmen zur Übung zukünftig auch Pfeil und Bogen mit in die Wälder und auf die Kampfwiese. Diese Wiese hatten sie außerhalb der Rüdesheimer Ringmauer entdeckt und waren fast täglich dort anzutreffen.

Ulrich hatte einen Sack mit Stroh gefüllt, den hängte er mit einem Seil an einen Ast eines großen Lindenbaumes. Sie versetzten den Sack in Schwingungen und beide versuchten, dass sich bewegende Ziel zu treffen. Das gelang nicht auf Anhieb, aber nach ein paar Wochen hatten sie eine gewisse Fertigkeit im Bogenschießen erlangt.

»Lieber Freund, du kannst inzwischen gut fechten«, Burkhard sprach eines Tages den Ulrich an. »Hast du dir einmal überlegt, wie du weiterkämpfen kannst, wenn dir ein Gegner das Schwert aus der Hand geschlagen hat?«

»Ich würde versuchen, den Gegner mit meiner Faust niederzuschlagen. Die Kraft hätte ich sehr wohl.«

»Willst du es einmal probieren? Komm her, versuch, mich mit der Faust zu schlagen.«

»Nein, ich möchte dich nicht verletzen.«

»Ich wette, du schafft es nicht, mich zu verletzen. Komm her, versuch es.«

Ulrich ging langsam auf seinen Freund zu und schlug vorsichtig mit der Faust in dessen Richtung. Doch der sprang blitzschnell zur Seite und wich dem Hieb aus.

»Das war zu zaghaft, mein Freund, schlag ruhig fester und schneller zu.«

Erneut schlug Ulrich in Richtung seines Freundes und versuchte jetzt, mit etwas höherer Geschwindigkeit, das Gesicht des Freundes zu treffen. Erneut gelang es Burkhard, dem Schlag auszuweichen.

»Noch einmal!«, stachelte Burkhard den Freund an und der holte aus und versuchte wiederum zu schlagen. Dieses Mal ergriff Burkhard den vorschnellenden Arm von Ulrich, bewegte seinen Kopf zur Seite, drehte sich in Ulrichs Körper ein und brachte diesen mit einem Schwung zu Fall. Als Ulrich auf den Rücken fiel, konnte Burkhard den Freund mit einem Griff auf dem Boden halten, sodass dieser sich nicht erheben konnte.

»Wie hast du das gemacht? Was war das für ein Taschenspielertrick?«

»Das ist eine Kampftechnik, die du anwenden kannst, wenn du im Kampf die Waffen verloren hast. Diesen Nahkampf nennt man Ringen. Wenn du magst, bringe ich dir das ebenfalls bei.«

»Ja, das möchte ich. Bitte zeig mir mehr von dem, was du Ringen nennst.«

Und fortan gehörte auch der Ringkampf zum täglichen Übungsprogramm.

Doch immer wieder nutzte Ulrich die Gelegenheit, seinen Vater in Mainz zu besuchen.

Bei einem dieser Besuche erfuhr Ulrich von seinem Vater, dass er gut mit Essen und Trinken versorgt sei, denn jemand kümmerte sich darum, dass die Wärter seinem Vater alles brachten, wonach ihm verlangte. Ein Unbekannter zahlte und erreichte so, dass seinem Vater täglich gute Speisen und Getränke gebracht wurden. Ulrich war sicher, dass es sich dabei um seinen Onkel handeln müsse. Er war sehr dankbar dafür.

»Die Wärter hier sind sehr korrupt, sie lassen sich mit Geld bestechen«, erklärte der Vater, »wer ihnen Geld zahle, könne alles bekommen. Da ich aber kein Geld besitze, mein Sohn, du weißt, dass mir alles genommen wurde, bin ich sehr froh, dass mir jemand zur Seite steht.«

Als Ulrich das erfuhr, wurde ihm bewusst, unter welchem Druck sein Vater im Kerker stand und er war sehr betroffen. Das Schicksal seines Vaters rührte ihn sehr.

Er ging daher zu Walter von Glaubitz und sprach ihn an. Ulrich war sehr erstaunt, als er erfuhr, was Walter von Glaubitz ihm zu sagen hatte.

»Ulrich, ich weiß, du sorgst dich sehr. Wieso glaubst du, dass ich die Wärter im Kerker bestehe und deinen Vater mit gutem Essen versorgen lasse? Das kann ich mir in meiner Funktion nicht erlauben. Wenn solches herauskäme, wäre ich in großer Gefahr.«

Ulrich war sicher, dass der Onkel seine Unterstützung verleugnete, weil er befürchtete, selbst bestraft zu werden. Deshalb wollte er auch nicht weiter den Onkel mit dem

Thema behelligen und kehrte wieder nach Rüdesheim zurück.

Es waren zwei Monate vergangen, als Ulrich erneut nach Mainz kam, um zum Kerker seines Vaters zu gelangen.

Als er im Holzturm Einlass ersuchte, wurde ihm von einem großen Wärter das Tor geöffnet.

»Ich möchte zu meinem Vater Albert von Olmen, er ist hier bei Euch eingekerkert, bringet mich zu ihm.«

»Albert von Olmen? Wisset Ihr nicht, dass jener schon einige Zeit nicht mehr hier im Kerker einsitzet? Er ist spurlos verschwunden und wurde schon gesucht, aber nicht gefunden. Es ist möglich, dass er nicht nur verschwunden, sondern gar getötet wurde, denn er wurde nach seiner Flucht für vogelfrei erklärt. Mehr kann ich Euch nicht zu Albert von Olmen erklären.«

Der Wärter des Kerkers verschloss das Tor wieder und Ulrich bekam große Angst um seinen Vater. Was war geschehen?

Auf schnellsten Weg machte er sich auf den Weg zum Sächsischen Hofe des Onkels. Er konnte den Onkel allerdings nicht antreffen, da dieser für eine unbestimmte Zeit verreist sei. So erklärte man es dem Ulrich. Er wollte wieder im Sächsischen Hof des Onkels übernachten und da er bei den Bediensteten wohlbekannt war, ließen sie ihn frei schalten und walten. Besonders Frieda umschmeichelte ihn und hielt sich in seiner Nähe auf.

Ulrich konnte die Signale der hübschen jungen Dienstmagd noch nicht deuten.

Am nächsten Morgen kehrte Ulrich nach Rüdesheim zurück. Er war allerdings besorgt, was den Verbleib seines Vaters anging und betete dafür, bald von ihm zu hören.

Eine Woche später wurde er zu Heinrich Brömser von Rüdesheim gerufen. Als er zu ihm gelassen wurde, sah er, dass sein Onkel neben dem Heinrich Brömser auf einem Sessel saß.

Sein Onkel erhob sich, ging auf Ulrich zu, nahm ihn die Arme und drückte ihn fest an sich.

»Keine Fragen jetzt, ich erkläre dir alles später«, hörte Ulrich die flüsternden Worte des Oheims an seinem Ohr.

»Ich freue mich sehr, Euch hier zu sehen, lieber Onkel. Das ist das erste Mal, dass Ihr mich hier am Brömserhof besucht. Ein großes Vergnügen und eine große Ehre für mich.«

»Ich kann verstehen, wenn du mit deinem Onkel jetzt zusammen sein willst. Ich gebe dir für heute frei. Geh und zeige dem Onkel unsere Stadt«, Heinrich Brömser von Rüdesheim hatte großes Verständnis und verabschiedete sich von beiden.

Ulrich verließ mit dem Onkel den Brömserhof, sie passierten ein Stadttor und schlenderten in Richtung Burg Ehrenfels.

Als sie aus der Stadt heraus waren und Ulrich sich versicherte, dass ihnen niemand folgte, hielt er es nicht länger aus.

»Onkel, saget mir, was ist mit Vater geschehen. Ich muss es endlich wissen.«

»Ich werde es dir erzählen. Dein Vater ist aus dem Kerker entflohen. Wie er das bewerkstelligt hat, ist mir völlig unklar. Er gilt jetzt allerdings als ein Entflohener und ist daher als vogelfrei erklärt worden. Wird er gefunden, kann er von jedermann getötet werden. Sollte dein Vater sich bei dir melden oder gar hier in Rüdesheim auftauchen, bist du verpflichtet ihn zu melden. Ansonsten machst du dich ebenfalls strafbar. Es tut mir so leid, ich wünschte, ich hätte bessere Nachrichten für dich.

Wenn dein Vater auftauchen sollte, melde dich am besten bei mir. Ich werde sicher einen Weg finden, deinem Vater zu helfen.«

»Danke, lieber Oheim, ich weiß nicht, wie ich Euch für Eure Hilfe wirklich danken kann. Ich warte mit Freuden darauf, dass sich mein Vater eines Tages bei mir melden wird.«

Gasthof ‚Zur Linde‘

Eines Tages beschlossen Ulrich und Burkhard, den Ort Rüdesheim und dessen Bewohner noch näher und besser kennenzulernen. Und so spazierten sie fast täglich durch die Gassen, wenn sie nicht mit der Übung der Kampftechniken beschäftigt waren.

Direkt am Markt in Rüdesheim befand sich der Gasthof ‚Zur Linde‘. Das Gebäude war ziemlich alt und wirkte nicht sehr einladend. Aber im Inneren, im Gastraum, war es gemütlich und die dort einkehrenden Gäste fühlten sich wohl. In der Mehrzahl waren es Rüdesheimer Bürger, die den Gasthof besuchten. Seltener waren es Adlige, die sich in den Gasthof verliefen. An den Tischen saßen ansonsten Kaufleute, Handwerker und Reisende bei Wein oder Bier, verzehrten die angebotenen Speisen und unterhielten sich oder lauschten der Musik, die von zwei Musikanten vorgetragen wurde.

Der Gastwirt hieß Ludwig Diefenbach. Gemeinsam mit seiner Frau Hilde betrieb er seit vielen Jahren den Gasthof. Ludwig stand hinter der Theke im Gastraum und Hilde wirkte in der Küche und kochte Deftiges und Wohlschmeckendes. Die Tochter der beiden hieß Edeltraud, war vierzehn Jahre alt und wurde von allen, die sie kannten, nur Trautchen gerufen. Sie ging nie in eine Schule, half aber den Eltern vom siebten Lebensjahr an, bei der Arbeit im Gasthof und servierte den Gästen das Bestellte. Im oberen Stockwerk des Gasthauses befanden sich fünf

Zimmer, die an durchreisende Kaufleute vermietet werden konnten.

Frauen waren selten im Gastraum zu sehen und wenn, dann waren es meistens Dirnen, die ihre körperlichen Vorzüge den Gästen anboten. Das war keineswegs eine unredliche Tätigkeit. Viele Theologen legitimierten die Liebesdienerinnen mit der Begründung ‚ad maiora mala vitanda'. Das bedeutete, durch die Prostitution könnte man ‚größere Übel vermeiden'.

Käufliche Liebe wurde damit als das kleinere Übel aufgefasst. Aus Sicht dieser Kirchenmänner war die Sexualität, die nicht ausgelebt werden konnte, noch viel bedrohlicher für die Gesellschaft.

Ludwig und seine Frau achteten sehr darauf, dass Edeltraud nicht von Gästen belästigt oder gar unsittlich berührt wurde. War ein Gast dabei, der Trautchen unter den Rock oder an die sich langsam abzeichnenden Brüste griff, wurde er von Ludwig sofort aus der ‚Linde' geworfen.

Burkhard von Hommen erzählte seinem jungen Freund Ulrich vom Gasthof ‚Zur Linde' und eines Tages beschlossen beide, den Abend dort zu verbringen.

Sie betraten den Gastraum und da es noch nicht dunkel war, hatten bisher nur wenige Gäste an den Tischen Platz genommen.

Ulrich, der zum ersten Mal in seinem Leben einen Gasthof besuchte, schaute sich neugierig im Raum um und bestellte dann bei Trautchen ein Bier, da er es dem Freunde gleichtun wollte.

Beide stießen mit ihren Krügen an und Ulrich, der nie zuvor ein Bier getrunken hatte, empfand den Geschmack als eigenartig. Er beschloss, als nächstes Getränk einen Wein zu bestellen, denn Wein kannte er. Am Brömserhof hatte er bereits häufiger den einen oder anderen Becher genossen.

Nach einiger Zeit und einigen Getränken bemerkte Ulrich an sich ein nie gekanntes Gefühl von Leichtigkeit und Unternehmungslust.

»Du hast zu tief in den Becher geblickt«, kommentierte Burkhard den Schwips seines Freundes und fragte:

»Warst du noch nie betrunken?«

»Betrunken? Von zu viel Wein? Nein, mein Freund, ich habe bisher nie mehr als zwei Becher Wein getrunken.«

»Und jetzt hast du bereits vier und den Humpen Bier dazu.«

»Was geschieht, wenn ich noch mehr trinke? Ich denke, du kennst dich aus.«

Burkhard lachte.

»Ja, ich kenne mich aus, habe schon des Öfteren zu viel getrunken. Wenn du mehr oder sagen wir, viel mehr trinken würdest, könnte es passieren, dass du nicht allein heim gehen kannst.«

Beide stießen erneut an, Burkhard mit Bier und Ulrich mit Wein.

Trautchen kam an den Tisch und fragte:

»Wünschen die Herren auch etwas zu speisen?«

»Was hat Eure Küche denn zu bieten?«, wollte Burkhard wissen.

»Meine Mutter hat heute eine vorzügliche Bohnensuppe zubereitet. Dazu empfehle ich Euch ein Stück gesottenen Schweinebauch.«

»Trautchen, das klingt vorzüglich, bitte bringe mir dasselbe, Bohnensuppe und Schweinebauch. Ulrich, willst du auch dergleichen speisen?«

Ulrich nickte und wenige Augenblicke servierte Trautchen den beiden jeweils eine Schüssel, gefüllt mit der Bohnensuppe. Auf einem Zinnteller lag ein saftiges Stück vom Schweinebauch.

Mit ihren Holzlöffeln verzehrten sie die Suppe und Burkhard zerteilte mit seinem Messer den Schweinebauch in kleine Portionen. Es mundete beiden vorzüglich.

Mitten in der Mahlzeit der beiden wurde die Tür des Gasthofs aufgerissen und eine weinende Frau stürzte herein und lief auf den Wirt Ludwig Diefenbach zu. Der rief sein Weib aus der Küche. Die weinende Frau sprach auf die beiden ein und verließ dann nach einigen Minuten wieder den Gasthof. Als die Frau gegangen war, ging der Wirt von Tisch zu Tisch und kam auch zu Ulrich und Burkhard.

»Diese Frau, die gerade hier ins Wirtshaus kam, vermisst ihren Sohn, der ist gerade acht Jahre alt. Habt Ihr in Rüdesheim einen Jungen in diesem Alter gesehen?«

Beide schüttelten den Kopf und verneinten. Der Wirt ging weiter und befragte alle Gäste, doch niemand konnte die Frage nach dem Verbleib des Knaben beantworten.

»Mir brummt jetzt der Schädel und mir ist es übel, wenn du einverstanden bist, gehen wir zurück in den Brömserhof. Ich möchte in mein Bett.«

Burkhard lachte.

»Ich werde dich heim geleiten und dafür sorgen, dass du in dein Bett kommst.«

Nachdem beide ihre Zeche gezahlt hatten, machten sie sich auf den Heimweg.

Kloster Johannisberg

An einem Sonntagmorgen, die beiden Freunde waren unterwegs, die heilige Messe im Kloster Johannisberg zu feiern und machten sich schon früh auf den Weg, denn sie wollten pünktlich dort eintreffen.

Das Wetter war schön, sie gingen voller Schwung des Weges und erreichten das Kloster 30 Minuten bevor die Messe beginnen sollte. Vor dem Eingang zur Kirche stand eine Bank und als sie gerade dort Platz genommen hatten, trat ein Benediktinermönch zu ihnen und setzte sich zu den beiden.

»Ich freue mich, hier bei uns neue Gesichter zu sehen. Ich nehme an, Euch zieht es in unser Kloster, weil Ihr mit uns die heilige Messe feiern wollt. Eine löbliche Idee. Woher kommt Ihr?«

»So ist es Herr Mönch, wir kommen aus Rüdesheim, dort leben wir im Brömserhof und werden dort erzogen.«

»Das ist aller Ehren wert. Damit es einfacher für Euch ist, ich bin Gregor. Ihr könnt mich mit meinem Namen anreden.«

»Danke, Bruder Gregor, ich heiße Ulrich und das ist mein Freund Burkhard. Wir freuen uns, Eure Bekanntschaft zu machen.«

Burkhard wandte sich an den Mönch und fragte:

»Euer Orden, die Benediktiner, habt Ihr strenge Ordensregeln?«

»Ja, das haben wir. Benedikt von Nursia hat unseren Orden gegründet und hat uns vorgegeben den Gehorsam, die Schweigsamkeit, die Demut und das gemeinsame Gebet. Außerdem sind wir gehalten, die Keuschheit zu lieben.«

Während Ulrich und Burkhard schwiegen, druckste der Mönch Gregor herum und nach einer Pause ergänzte er:

»Wir sind aber auch Menschen und daher fehlbar. Uns gelingt es nicht immer, die Regeln unseres Ordens zu leben. Wir streben es an.«

Mönch Gregor drehte sich um und verließ die beiden Rüdesheimer.

»Was hat er uns damit sagen wollen?«, fragte Ulrich.

Burkhard überlegte und sagte dann:

»Ich habe bereits häufiger gehört, dass gerade die Mönche hier im Kloster Johannisberg gegen Regeln verstoßen. Man hält ihnen hauptsächlich Unkeuschheit vor. Ein schwerer Vorwurf, ob er zu Recht besteht, ich weiß es nicht.«

»Woher weißt du solches?«

»Ich habe davon gehört. Eine Dame im Brömserhof hat es mir berichtet. Eines Tages wollte sie die Beichte bei einem Benediktinermönch des Klosters Johannisberg ablegen. Als Bußwerk hat er ihr aufgelegt, dass sie mit ihm schlafen müsse, dafür würde sie zusätzlich von ihm 20 Rheinische Gulden erhalten.«

»Und? Ist sie darauf eingegangen?«

»Darüber weiß ich nichts, aber ich denke, dass sie nicht das einzige Weib ist, von der solche Art Buße verlangt wird.«

»Über solche Scheinheiligkeiten kann ich mich sehr erregen. Mein Vater musste wegen angeblicher Ketzerei in den Kerker und die Mönche hier im Kloster oder auch in anderen Klöstern, laden ungestraft Schuld auf sich. Das ist einfach ungerecht. Hast du eine Idee, was man gegen solche Mönche oder Priester unternehmen kann, wenn sie solche Regelverstöße praktizieren?«

»Darüber habe ich auch schon nachgedacht. Ich habe noch keine Lösung gefunden. Wenn du es möchtest, kann ich dich mit der Frau zusammenbringen, die mir von diesem verruchten Mönch berichtete. Wie gefällt dir mein Vorschlag?«

»Ja, das ist ein vortrefflicher Vorschlag. Bitte bringe mich mit der Frau zusammen. Hilf bitte dabei, dass wir das unredliche Tun jenes Mönches strafen.«

»Das will ich gerne machen. Vorher werde ich mich mit der Frau beraten. Wenn sie bereit ist, sich uns zu offenbaren, finden wir sicher einen Weg.«

Sie standen von der Bank auf und betraten die Kirche, die sich inzwischen mit vielen Besuchern gefüllt hatte.

Abt Simon vom Kloster Johannisberg las die heilige Messe. Der Mönch Gregor, den sie gerade vorher kennengelernt hatten, ministrierte und ein anderer Benediktiner las aus der Bibel. Da Ulrich nur wenige Worte der lateinischen Sprache beherrschte, nahm er sich vor, seinen Freund beim Heimweg nach den Inhalten zu befragen. Da er wusste, dass Burkhard des Lateinischen mächtig war, entstand in ihm die Idee, ebenfalls die lateinische Sprache, von einem Mönch oder Priester zu erlernen.

Als der Abt vor dem Altar niederkniete, stürzten plötzlich drei Männer aus einem Seiteneingang in die Kirche, zerrten den Abt zur Seite und einer schlug mit einer Keule auf ihn ein. Der Abt brach zusammen und bevor die erschrockenen und vor Schreck erstarrten Gläubigen etwas unternehmen konnten, hatten die drei Übeltäter die Kirche bereits wieder verlassen.

Mehrere Benediktinermönche eilten zu ihrem Abt und untersuchten ihn und einer verkündete dann:

»Unser Abt lebt, ist aber schwer verletzt. Wir werden uns um ihn kümmern. Die heilige Messe werden wir jetzt hier beenden. Gehet alle heim und betet für unseren Abt und dass Gott die unheilvollen Täter einer gerechten Strafe zuführen möge.«

Die Mehrzahl der Anwesenden verließ schweigend die Kirche. Einige gingen zum Altar und fragten, ob die Mönche Hilfe benötigen würden. Doch diese baten darum, dass alle Anwesenden gehen sollten.

Auch Ulrich und Burkhard verließen die Kirche. Vor der Tür blieben beide stehen. Ulrich hatte, ob des Geschehens, Tränen in den Augen.

»Ich weiß nicht, wer die Täter waren, ich kannte sie nicht«, Burkhard dachte nach, »einer von ihnen, der mit der Keule, war ein Hühne. Ist dir das auch aufgefallen?«

»Ja«, erwiderte Ulrich, »ein großer Mann mit langen blonden Haaren. Ihn würde ich wieder erkennen.«

»Was würdest du unternehmen, wenn du ihn wieder erblicken würdest? Der Kerl ist doch viel größer und sicher auch stärker als du.«

»Ja, das ist wohl wahr. Aber zusammen könnten wir ihn überwältigen. Vergiss bitte nicht, wir sind in Waffen- und Kampftechniken geübt. Wenn du und ich zusammen wären, wir könnten es schaffen.«

»Ja, und wenn wir ihn überwältigt hätten, was wäre dann?«

»Ich denke, wir könnten ihn in den Kerker bringen und ihn seiner Straftat vor Gericht anklagen lassen.«

»Wir sollten das klären und unseren Herrn Heinrich Brömser von Rüdesheim um Rat befragen. Er wird uns sicher gut beraten in dieser Frage.«

Heinrich Brömser von Rüdesheim

Heinrich Brömser von Rüdesheim, so hieß bereits sein Vater und seine Mutter war Anna von Rüdesheim. Der derzeitige Träger des Namens wurde anno 1473 geboren und fungierte seit Anfang 1499 als Amtmann in Rüdesheim. Er war daher der oberste Dienstmann und wurde vom Landesherrn zur Territorialverwaltung von Gutshöfen, Burgen und Dörfern eingesetzt.

Er residierte im Brömserhof und trieb im Amtsbezirk die Steuern ein, sprach Recht und sorgte mit einer kleinen bewaffneten Einheit für Sicherheit und Ordnung.

Bei ihm waren Burkhard und Ulrich an der richtigen Adresse, um ihn wegen des Überfalls auf den Abt im Kloster Johannisberg anzusprechen.

»Ich habe von der Untat vernommen, aber Kloster Johannisberg gehört nicht zu meinem Amtsbezirk. Sollte sich erweisen, dass die Übeltäter im Bereich meiner Zuständigkeit leben, werde ich sie unter Anklage stellen. Dann kommt es darauf an, welchem Stande die Täter angehören. Dementsprechend wird eine Gerichtsverhandlung einberaumt. Diese Verhandlungen finden dreimal im Jahre statt. Erscheinen die Beklagten nicht vor Gericht, werden sie vogelfrei und werden ihr Leben lang verfolgt. Wenn ein Vogelfreier jedoch dann gefunden wird, wird er getötet.«

»Das bedeutet, wenn wir ihn im Ort oder in einem Gasthaus antreffen, können wir lediglich seinen Namen und seine Herkunft herausfinden. Danach können wir ihn dann bei Euch zur Anzeige bringen«, Burkhard fragte nach, um sicher zu sein, Heinrich Brömser von Rüdesheim richtig verstanden zu haben, »der Verantwortliche könnte also wieder entkommen?«

»So ist das Recht, mein Sohn. Aber du kannst sicher sein, jener wird der Gerechtigkeit nicht entkommen.«

»Ich habe auch noch eine Frage«, Ulrich wandte sich an Heinrich Brömser, »wir haben von einem Benediktinermönch erfahren, dass dieser einer Frau, nach einer Beichte, ein Bußwerk auferlegte und verlangte, dass sie mit ihm schlafen müsse. Verstößt der Mönch nicht gegen die Regeln des heiligen Benedikt und kann man ihn dieser halb nicht belangen?«

»Oh mein Sohn«, Heinrich Brömser wurde sehr nachdenklich, »solcher Art Verfehlungen sind mir bereits häufig zu Ohren gekommen. Das ist ein schwerer Verstoß gegen die Regeln, aber derlei Delikte kann nur die Kirche selbst bestrafen. Mir sind die Hände gebunden. Aber wisset, mir fällt eine Geschichte ein, die mir einst ein Geschichtenerzähler zu Gehör brachte. Ich werde versuchen Euch alles so schildern, wie ich es in meinem Gedächtnis habe. Hört gut zu.

Wenn ich mich recht erinnere, geht die Geschichte so:

Die Hauptpersonen sind ein Ehepaar aus Colmar. Nach Ablegen der Beichte, verlangt ein Mönch von der Frau, sie solle mit ihm schlafen und bietet ihr dafür ebenfalls Geld an. Diese redet sich heraus und vertröstet den Mönch. Der Vorfall wiederholt sich dann in zwei weiteren Klöstern, mit jeweils, sich steigernden Geldangeboten.

Das Weib erzählt dann ihrem Manne davon und der ersinnt eine List, an das Geld der Mönche zu gelangen und sie trotzdem zu bestrafen. Daraufhin bestellt das Weib den ersten Mönch zu sich und gibt vor, ihr Mann sei nicht daheim. Dem Mönch sagt sie, er solle zuerst das Geld bezahlen. Danach schlägt der Ehemann von außen an die Tür und brüllt. Der erschrockene Mönch springt aus dem Fenster. Darunter steht jedoch ein Zuber mit kochendem Wasser und der Mönch verbrüht sich zu Tode. Das wiederholt sie mit den beiden anderen Mönchen.

Der Ehemann bittet einen vorbeikommenden Wanderstudenten, die drei Leichen im Rhein zu entsorgen. Als dieser seine Aufgabe erledigt hat und den letzten toten Mönch ins Wasser warf, kommt dem Studiosus ein lebender Mönch entgegen. Der Student glaubt, dass einer der von ihm versenkten Mönche wiederauferstanden sei, erschlägt den Mönch und glaubt, jetzt seine Aufgabe erledigt zu haben.

Diese Geschichte ist sicher frei erfunden und wahrhaftig nicht geschehen, aber wir haben beim Gehör des Erzählten alle vortrefflich gelacht.«

»Und wir können die Geschichte wahrhaftig werden lassen? Würdet Ihr uns dieses gestatten?«

»Nun, sagen wir, der Mönch muss ja nicht unbedingt zu Tode kommen. Aber so ein Exempel zu statuieren, würde ich außerordentlich unterstützen.«

Nachdem Heinrich Brömser von Rüdesheim den Raum verlassen hatte, steckten Ulrich und Burkhard ihre Köpfe zusammen und überlegten, was zu tun sei.

»Zunächst«, befand Burkhard, »muss ich mit der Dame hier am Hofe reden und klären, ob sie Lust hätte, mithilfe von uns beiden den Mönch, der von ihr Unkeusches verlangte, zur Rechenschaft zu ziehen. Ich werde sie fragen.«

Der Plan

Ulrich und Burkhard saßen am Kamin. Ein Feuer erwärmte den kleinen Saal im Brömserhof. Ulrich nahm einen Schluck vom köstlichen Rebensaft, der vor ihm auf dem Tisch stand.

Die Türe wurde von einem Bediensteten geöffnet und Anna Winter von Rüdesheim betrat den Raum.

Burkhard und Ulrich erhoben sich, doch die Dame gebot beiden, sich zu setzen. Sie fragte Burkhard:

»Wer ist der junge Freund neben Euch, stelle er mir ihn bitte vor.«

»Edle Herrin, dieses ist mein Freund Ulrich von Olmen. Er ist in Mainz geboren, wo sein Vater wegen Ketzerei zu Kerkerhaft verurteilt wurde. Unser Herr Heinrich Brömser von Rüdesheim hat ihn aufgenommen und wir werden beide von ihm hier erzogen und er lässt uns schulen.

Lieber Ulrich, ich darf dir die Edle Herrin Anna Winter von Rüdesheim vorstellen. Sie ist die Frau von Wilhelm Brömser von Rüdesheim. Dieser ist ein Vetter unseres Herrn Heinrich Brömser von Rüdesheim. Wilhelm Brömser wurde im vergangenen Jahr zum Dienstmann des Erzbischofs von Mainz ernannt.«

»Edle Herrin, lebt Ihr auch in Mainz? Ich habe Euch schon oft hier am Brömserhof in Rüdesheim gesehen, ohne Euch zu kennen.«

»Ja, Ihr habt recht gesehen, ich lebe in Mainz, halte mich oft hier auf, weil ich mit Heinrich Brömser und seiner Familie wohl befreundet bin. Doch bevor wir weiterreden, Ihr könnt die Anrede Edle Herrin weglassen. Wir wollen doch Freunde sein, Ihr habt das Recht mich mit Anna anzureden, so wie ich Eure Namen Burkhard und Ulrich bevorzuge. Ich hoffe, Ihr billigt dieses.«

»Das ist schön, ich danke Euch«, Burkhard freute sich über die Ehre, die ihnen zuteilwurde, »wie vereinbart, habe ich meinen Freund Ulrich ins Vertrauen gezogen und mit ihm eine List entwickelt, wie wir diesen unkeuschen Mönch zur Rechenschaft ziehen könnten. Diese List haben wir sogar mit unserem Herrn Heinrich Brömser beredet und er hat sich einverstanden erklärt. Bei diesem Gespräch wurde allerdings Euer Name nicht erwähnt, sodass keine falsche Schande auf Euch fallen wird.«

»Das freut mich sehr, dass Ihr so ehrenhaft gehandelt habt.«

»Anna, wir haben, wie Euch schon gesagt, eine List ersonnen, diesen unkeuschen Mönch, seiner Unkeuschheit zu überführen.«

»Ich bin sehr gespannt, Eure List zu erfahren. Bitte erzählt mir davon.«

Die beiden Freunde eröffnen ihren Plan und besprachen alle Einzelheiten mit Anna. Diese war sehr beeindruckt davon und stimmte zu, da sie der Erlaubnis des Heinrich Brömser von Rüdesheim sicher sein konnte.

»Ich werde es so anfangen, dass ich erneut den Mönch in Kloster Johannisberg um einen Besuch bitte. Er soll zu mir kommen, in den Brömserhof. Er wird sicher vermuten, dass ich dem von ihm mir auferlegten Bußwerk beipflichten will. Aber ich werde nur eine Verabredung mit ihm treffen. Wir werden uns auf ein Datum vereinbaren, zu dem er mich in der Burg Ehrenfels treffen soll. Dieses Datum werde ich dann Euch zukommen lassen und dann kann unser Plan vonstattengehen.«

Eine Woche später erhielt Burkhard einen Brief durch einen Boten gebracht. Gemeinsam lasen sie, was Anna Winter von Rüdesheim ihnen mitteilte. Der Termin in der Burg Ehrenfels solle in fünf Tagen, am feria secunda sein.

»Was bedeutet feria secunda? Ihr wisst, ich bin des Lateinischen noch nicht mächtig.«

»Feria secunda, das ist der Montag. Man zählt die Tage der Woche, beginnend am Sonntag. Der zweite Tag, also feria secunda, ist also der Montag.«

»Gut, dann lasst uns vorbereiten, was wir mit der Frau vereinbart haben. Die Zeit eilt.«

Der Montag war gekommen. Ulrich und Burkhard warteten in der Burg Ehrenfels auf Anna Winter von Rüdesheim, die kurze Zeit später mit einer Kutsche vorgefahren kam. Man schickte die Kutsche fort. Damit diese nicht sofort erkennbar war, versteckte der Kutscher sie in der Nähe der Burg.

Da der Weg gut einsehbar war, konnte man von den Zinnen der Burg Ehrenfels erkennen, dass ein Benediktinermönch den Weg zur Burg eingeschlagen hatte.

Alle begaben sich auf ihre verabredeten Plätze und als der Mönch am Tor anlangte und durch sein Klopfen Einlass begehrte, öffnete Ulrich das Tor.

»Ich bin Bruder Martin. Führe er mich zu der Edlen Herrin Anna Winter von Rüdesheim. Sie erwartet mich.«

»Sehr wohl, Bruder Martin. Ich werde ihm vorausgehen, damit er sein Ziel prompt erreiche.«

Ulrich schritt voran und führte den Mönch in einen Raum, der auf derselben Ebene lag wie der Eingangsbereich.

Anna Winter von Rüdesheim stand mitten im Raum und verzog keine Miene.

»Verschließe er die Türe!«, herrschte der Mönch den Ulrich an.

Gehorsam schloss Ulrich die Tür und verschwand.

Der Benediktinermönch Martin schritt auf Anna Winter von Rüdesheim zu, verbeugte er sich und sprach:

»Seid Ihr bereit, die auferlegte Buße zu tun?«

»Oh ja, ich bin bereit. Aber Ihr habt mir versprochen, mir für die Buße eine Summe von 30 Rheinische Gulden zu zahlen. Bitte leget den Betrag dort auf die Truhe.«

»Ich sagte zu Euch, dass ich 20 Rheinische Gulden zahlen werde.«

»Ich glaube, dass es Euch 30 Rheinische Gulden wert sein solle. Findet Ihr nicht auch?«

Der Mönch willigte ein und sprach:

»Dann begebt Ihr Euch dort zu dem großen Himmelbett, damit Ihr danach Eure Buße tun könnt.«

Anna ging zum Bett und setzte sich auf den Rand. Der Mönch öffnete einen Beutel, zählte 30 Rheinische Gulden ab und legte diese auf die Truhe an der Wand. Dann drehte er sich um und schritt auf Anna Winter von Rüdesheim zu. Bevor er diese erreichen konnte, wurde von außen an eine zweite Kammertür gehämmert und eine laute Stimme rief:

»Anna, hier ist Ihr Mann. Öffnet sofort die Tür, wenn ich hereinkomme und finde einen Nebenbuhler bei Euch, werde ich den Kerl erschlagen.«

Anna rief dem Mönch Martin zu:

»Schnell, springe er aus dem Fenster, mein Mann wird Euch sonst umbringen. Springe er, schnell. Das Fenster ist nicht hoch.«

Voller Panik rannte der Mönch zum Fenster und als er vernahm, dass hinter ihm die Kammertür geöffnet wurde, sprang er sofort heraus. Er hatte nicht bemerkt, dass unter dem Fenster der Felsen steil zum Rhein herabfiel, sodass er mehrere Meter stürzte und auf dem Felsen aufschlug.

Mönch Martin lag ziemlich unglücklich und hatte sich mehrere Knochen zerbrochen. Burkhard und Ulrich schleppten den vor Schmerz Schreienden hinauf in die Burg und betteten ihn in einem Zimmer. Burkhard beorderte die Kutsche zurück und veranlasste, dass der verletzte Mönch zum Kloster Johannisberg gebracht wurde. An seine Kutte hatte Burkhard einen Brief angebracht, in dem er dem Abt von Kloster Johannisberg, das unrechte Handeln des Bruders Martin mitteilte.

Anna Winter von Rüdesheim wanderte zusammen mit Ulrich und Burkhard zurück zum Brömserhof und dort feierten sie ihren Erfolg mit einigen Gläsern Wein.

Elisabeth

Ulrich war allein unterwegs, spazierte durch Rüdesheim und entdeckte die Ringmauer, die den Ort einrahmte. Er folgte den Straßen an der Mauer und da Rüdesheim nicht sehr groß war, hatte er die Stadt schnell umrundet. Zum ersten Mal war er an der Stelle, wo die Mauer an den Rhein stieß und stand vor einem Turm. Er wusste, dass die Rüdesheimer ihn ‚Pulverturm' nannten. Ulrich stellte sich an den Fluss und beobachtete das rege Treiben auf dem Wasser und zählte die vielen Schiffe. Er fand alles richtig interessant, denn er stand noch niemals zuvor am Rhein.

Als es langsam dunkel wurde, entschloss er sich noch einmal in den Gasthof ‚Zur Linde' am Marktplatz zu gehen.

Er betrat den Gastraum und setzte sich an einen freien Tisch. Trautchen, die Tochter der Wirtsleute kam heran, lächelte ihn an und sprach:

»Sieh an, der junge Herr ist zurückgekehrt. Hat es ihm neulich gefallen, hier bei uns?«

»Ja, es war ein schöner Abend. Aber heute möchte ich nur eine Kleinigkeit essen und einen Becher mit Wein trinken.«

»Was möchte der junge Herr den essen? Ich kann ihm heute Getreidegrütze und getrockneten Kabeljau anbieten. Der Fisch schmeckt vorzüglich.«

»Dann bringe mir bitte dasselbe, Grütze und Fisch. Aber bitte vergiss den Wein nicht.«

»Ich werde Euren Wein nicht vergessen. Habet keine Sorge.«

Bevor Speisen und Getränk serviert wurden, entdeckte Ulrich an einem anderen Tisch ein Mädchen, welches ihn herausfordernd anblickte und dabei lächelte. Ulrich hatte bisher noch keine näheren Kontakte zum weiblichen Geschlecht erlebt. Nur in vielen Gesprächen, mit Burkhard und anderen jungen Männern wurde er über die Geheimnisse von Mann und Weib aufgeklärt.

Er war verunsichert, entschloss sich aber, abzuwarten.

Trautchen brachte ihm zunächst den Becher mit Wein. Als dieser auf dem Tisch stand, erhob sich plötzlich das Mädchen und kam zu ihm herüber.

»Ich bin Elisabeth, darf ich mich zu Dir setzen?«

»Gern, nimm bitte Platz. Mein Name ist Ulrich.«

»Ich weiß, ich habe schon viel von dir gehört.«

»Du hast von mir gehört? Wie das? Was erzählt man über mich und vor allem, wer?«

»Ich sprach mit Trautchen. Vor einiger Zeit habe ich dich hier schon einmal gesehen. Du warst mit einem anderen jungen Mann hier und ihr habt gegessen und getrunken.«

»Ja, das ist richtig, aber ich kann mich nicht erinnern, dich hier gesehen zu haben.«

In diesem Augenblick servierte Trautchen die Grütze und den Kabeljau, blickte Ulrich und Elisabeth an und lächelte.

»Lasset Euch das Mahl schmecken«, wünschte Trautchen.

Elisabeth schaute auf die Speisen und seufzte.

»Willst du dir auch etwas zum Essen bestellen?«, fragte Ulrich.

»Nein, nein«, Elisabeth zögerte und fuhr fort, »mir fehlt das Geld dazu. Darum bestelle ich hier nichts.«

»Weißt du was, ich bitte dich, ich habe ohnehin keinen großen Hunger, wollen wir uns die Grütze und den Fisch teilen? Ich lade dich herzlich dazu ein.«

»Du bist wirklich gut zu mir und ich danke dir von ganzem Herzen. Ich nehme dein Angebot gern an. Danke.«

Elisabeth zog die Schüssel zu sich herüber und machte sich mit dem Löffel aus Holz über die Grütze her. Ulrich zerteilte den getrockneten Kabeljau mit seinen Fingern und entfernte die Gräte. Als er damit fertig war, hatte Elisabeth die Grütze förmlich verschlungen. Die Schüssel war leer.

Eigentlich wollte ich mit ihr teilen, dachte Ulrich, aber sprach es nicht aus. Wenigstens vom Fisch bekam er einige wenige Happen ab, aber auch hier war Elisabeth die Schnellere. Als sie dann auch noch einen Schluck Wein aus dem Becher nahm, bestellte Ulrich bei Trautchen einen zweiten Becher. So konnte er wenigstens seinen Durst stillen.

Als Elisabeth die Mahlzeit beendete und noch einen großen Schluck des Weines aus dem Becher trank, stand sie plötzlich auf, ging um den Tisch herum und küsste den Ulrich lange auf den Mund.

Noch nie hatte ihn jemand derartig geküsst. Er spürte ein eigenartiges Gefühl von Wärme und ein Glücksgefühl kam in ihm hoch.

»Ich danke dir sehr. Ulrich, du bist ein wundervoller junger Mann, ich möchte mich gern erkenntlich zeigen.«

»Erkenntlich zeigen, was willst du mir damit sagen?«

»Verbring die Nacht mit mir, dann kann ich es dir zeigen.«

Ulrich war wie vom Donner gerührt. Er ahnte, was das bedeutete, wusste allerdings gar nicht, was jetzt passieren würde und welche Erwartungen Elisabeth an ihn hatte.

Elisabeth setzte sich auf die Bank direkt neben Ulrich, schaute ihm in die Augen und sprach:

»Ich spüre deine Unsicherheit. Kann es sein, dass dieses deine erste Begegnung mit einem Weibe ist?«

»Ja, so ist es. Ich bin absolut unerfahren. Du hingegen, bist wohl nicht so unerfahren, wie ich es bin. Oder irre ich mich da?«

»Mein lieber Ulrich, ich muss es dir wohl erklären. Ich bin eine Dirne. Vor zwei Jahren verlor ich meine Eltern. Sie wurden in einem Dorf auf der Höhe von Räubern ausgeplündert und dann erschlagen. Ich fand sie, als ich vom Feld nach Hause kam. Ich bin also Vollwaise. Niemand kümmerte sich um mich, nur ein anderes Weib, welches als Dirne mit Männern ins Bett ging und so ihr Leben gestaltete. Sie war noch jung, hieß Johanna, leitete mich an und zeigte mir, was ich als Dirne zu tun habe. Sie ist seit geraumer Zeit allerdings verschwunden. Ich weiß nicht, wo meine Freundin Johanna geblieben ist. Ich lebe noch in ihrem kleinen Haus hier in Rüdesheim. Dorthin würde ich jetzt gern mit dir gehen. Komm mit mir, verbring die Nacht mit mir.«

»Wenn ich dich recht verstanden habe, nimmst du Geld für deine Dienste. Ist das so?«

»Ja, so ist es. Normalerweise, ja. Bei dir will ich heute eine Ausnahme machen. Du hast mir Speis und Trank gegeben und dafür zeige ich dir heute Nacht viele wunderschöne Dinge. Wenn wir uns ein nächstes Mal treffen sollten und du wolltest eine Nacht mit mir verbringen, dann musst du dafür allerdings bezahlen. Heute will ich dich belohnen, lieber Ulrich.«

Wieder küsste sie ihn auf den Mund. Ulrichs Körper wurde von einem Schauer geschüttelt.

Er winkte Trautchen herbei, um die Zeche zu zahlen, doch er stellte fest, dass er nicht genügend Geld bei sich hatte.

»Das ist kein Problem, begleiche er die Zeche in den nächsten Tagen. Ich bin sicher, er ist ein Ehrlicher.«

Ulrich bedankte sich bei Trautchen und als er mit Elisabeth die ‚Linde' verlassen wollte, rief sie hinter ihnen her:

»Ich wünsche Euch eine lustvolle Nacht.«

Direkt neben der Burg, die westlich vom Marktplatz lag und die von den Brömsern genutzt und als Vorderburg bezeichnet wurde, standen mehrere kleine, schmucklose Häuser, in denen einfache Handwerker lebten. In einem dieser Häuser wohnte auch Elisabeth.

Sie hatte Ulrich an die Hand genommen und führte ihn in ihr Heim. Elisabeth zündete einen Kienspan an, der mit flackerndem Licht die Kammer erhellte und befestigte ihn an einem Ring in der Wand. Als sie danach die Tür hinter sich schloss, erkannte Ulrich einen Raum, der ärmlich eingerichtet war und in dem ein schmales Bett neben einer Feuerstelle stand.

Elisabeth schüttete aus einem Krug Wasser in einen Becher.

»Hier, wenn du Durst haben solltest.«

»Ich danke dir sehr.«

Ulrich konnte nicht weitersprechen, denn er sah, wie Elisabeth ihr Kleid abstreifte. Darunter war sie splitternackt. Sie stand vor ihrem Bett und schaute Ulrich an.

»Komm her zu mir.«

Ulrich ging zu Elisabeth. Sie nahm ihn in ihre Arme und küsste ihn erneut auf den Mund. Er spürte ihren warmen Körper und das, was er wahrnahm, gefiel ihm sehr.

Elisabeth löste die Schnalle des Gürtels, den er über seinem Kittel trug und zog dann den Kittel über Ulrichs Kopf. Ulrich hatte inzwischen seine Hose geöffnet und zog sie aus.

Wieder spürte er die Küsse von Elisabeth und ehe er sich versah, versank sie mit ihm im Bett. Inzwischen war auch Ulrich völlig entkleidet und die beiden pressten ihre nackten Körper aneinander.

Plötzlich spürte er, wie Elisabeths Zunge in seinen Mund eindrang. Er war irritiert, aber es gefiel ihm sehr. Jetzt versuchte er gleiches mit seiner Zunge bei Elisabeth und einem Ringkampf gleich, rangen beide Zungen im Liebesrausch miteinander.

Ulrich fühlte sehr gespannt, wie Elisabeth ihn mit einer Hand streichelte. Er bemerkte, dass sich sein Glied aufrichtete. Elisabeth dirigierte ihn so, dass er auf ihr zu liegen kam und schließlich führte sie sein Glied in sich ein.

Ulrich, der derartiges zum ersten Male erlebte, wurde von einer wilden Leidenschaft ergriffen und begann mit kräftigen Stößen, wie wild zu rammeln. Elisabeth bremste ihn und flüsterte:

»Mach langsam, ganz langsam, ich möchte dich auch genießen. Du machst das gut.«

Sie ergriff seine Hand und führte sie an ihre Brüste. Es war wie ein Wunder, alles war neu, unglaublich schön, viel schöner, als das, was sich junge Männer hinter vorgehaltener Hand darüber erzählten. Er begriff, dass es auch für Elisabeth schön war, wenn er ihre Brüste küsste und an ihren Brustwarzen saugte. Er bemerkte, dass Elisabeth bestimmte Handlungen genoss, weil sie lustvoll stöhnte oder die Bewegungen ihres Beckens beschleunigte.

Ein Orgasmus war Ulrich nicht fremd, denn er hatte sich schon des Öfteren selbst befriedigt. Aber als er jetzt kam, geschah das mit einer nie gekannten Heftigkeit, die ihn selbst auch laut schreien ließ.

Etwas erschöpft glitt er aus Elisabeth heraus. Die erhob sich und ging zu einer Schüssel mit Wasser, die auf dem Fußboden stand, hockte sich darüber und wusch sich intensiv im Schritt.

Ulrich sah ihr erstaunt zu und sie bemerkte, dass sie ihrem unerfahrenen Liebhaber wieder etwas erklären müsse.

»Ich wasche mich aus, damit ich von dir nicht schwanger werde«, erklärte sie, »wenn du mehr Erfahrungen hast, kannst du das bei mir machen und ich säubere dich. Das ist ein schönes Spiel. Es erregt uns beide noch zusätzlich.«

Nachdem sich Elisabeth gereinigt hatte, kam sie wieder zu ihm in das Bett.

»Ich möchte dir noch etwas erklären, was du vermutlich noch nicht weißt. Dass ich als Weib Lust empfinde, gilt allgemein als unschicklich. Auch, wenn ich körperliche Aktivitäten übernehme, wird das allgemein verurteilt.

Doch ich bin der Meinung, wenn es mir und dir Freude bereitet, sollte doch alles erlaubt sein, auch wenn du passiv deine Lust erlebst. Verstehst du, was ich meine?«

»Nein, nicht ganz, bitte erkläre es mir.«

»Gut, ich will es dir zeigen, wenn es dir nicht gefällt, sage es mir, ich höre dann sofort damit auf.«

»Nur zu, zeige mir, was du meinst.«

Elisabeth drehte Ulrich so, dass er auf dem Rücken lag und verwöhnte ihn nach allen Regeln der Kunst. Sie hörte plötzlich auf und schaute Ulrich an.

»Gefällt dir das? Ist das schön für dich?«

»Ja, sehr, das ist so schön, bitte mach weiter, bitte mach«, rief er ungeduldig.

Als beide nach einiger Zeit wieder normal atmen konnten und Elisabeth in seinen Armen lag und ihn erneut küsste, streichelte Ulrich zärtlich den Körper der jungen Frau.

»Es war so unglaublich schön, was du mit mir gemacht hast. Ich würde das immer wieder gern erleben.«

»Das ist gut, dass du noch unerfahren bist. So kannst du auch nicht wissen, dass die moralischen Regeln bei vielen Menschen lauten, dass der Mann immer der Aktive sein muss. Das ist auch beim Beischlaf so. Wenn ein Weib aktiv ist und der Mann lässt das zu, dann gilt er als abnormal. Ich finde, es ist egal, wer aktiv ist, entscheidend ist, dass es beiden Freude bereitet.«

Ulrich bestätigte das, indem er Elisabeth fest an sich drückte und sie leidenschaftlich küsste.

Als er am nächsten Morgen erwachte, versuchte er sich an die Ereignisse der letzten Nacht zu erinnern, doch er wusste nicht mehr genau, wie oft er mit Elisabeth geschlafen hatte und wie spät es war.

Als plötzlich die Kreuzglocke der Kirche läutete, wusste er, es ist 11 Uhr.

Er sprang aus dem Bett und wusste es würde Ärger geben, er hätte um 10 Uhr, also, vor einer Stunde im Brömserhof Dienst tun müssen.

Die Strafe

»Lieber Ulrich, ich habe von deiner Bestrafung vernommen. Dir wurde für eine Woche der Ausgang untersagt«, Burkhard schaute nach seinem Freund, der traurig in seiner Schlafkammer hockte, »was ist denn geschehen, dass du diese Strafe bekommen hast?«

»Ich erschien heute Morgen zu spät zum Dienst«, antwortete Ulrich etwas mürrisch.

»Du machst mich neugierig. Erzähl schon, was war die Ursache deiner Verspätung?«

Ulrich musste schmunzeln, als ihm die Erinnerungen durch den Kopf gingen.

»Weil du mein Freund bist, will ich dir berichten, was geschah.«

Ulrich begann, die Erlebnisse der letzten Nacht zu erzählen. Nachdem er geendet hatte, lächelte Burkhard.

»Dann kannst du ja eine ganze Woche lang, deinen Kammerarrest, mit Erinnerungen verbringen. Dann vergeht die Zeit sicher viel schneller.

Oder hast du dich sogar in die Elisabeth verliebt?«

»Ich kann nicht sagen, ob das Liebe ist. Dieses Gefühl konnte ich bisher noch nicht erfahren. Aber ich kann dir sagen, dass mir Elisabeth schon sehr gefallen hat. Aber sie war auch meine erste Geliebte.«

»Vielleicht solltest du noch mehr Erfahrungen sammeln. Irgendwann begegnet dir dann auch das, was man Liebe nennt. Was meinst du?«

»Du hast recht, ich bin noch sehr jung und hoffe, noch ein langes Leben zu haben. Erfahrungen werden sicher kommen und die Liebe ebenso.«

»Jetzt etwas anderes. Erinnerst du dich, als wir vor ein paar Wochen in Gasthof ‚Zur Linde' waren, dass eine Mutter ihren Sohn als vermisst kundtat?«

»Ja, Burkhard, ich erinnere mich. Warum fragst du?«

»Gestern erschien die Frau eines hiesigen Händlers hier im Brömserhof. Auch sie vermisst ihren Sohn. Der soll nur 7 Jahre alt sein. Das finde ich seltsam.«

»Was könnte dahinterstecken? Hast du eine Idee?«

»Nein, ich kann es mir nicht erklären. Warten wir ab, vielleicht wendet sich alles zum Guten.«

»Das erhoffe ich mir auch. Da geht mir gerade durch den Kopf, ich muss noch meine Schuld im Gasthof ‚Zur Linde' bezahlen. Ich hatte nicht genügend Geld bei mir und habe zugesagt, die Rechnung umgehend zu begleichen. Jetzt bin ich mit Arrest bestraft. Könnest du lieber Freund, dieses übernehmen? Ich gebe dir ausreichend Geld mit, sodass du meine Schuld tilgen könntest.«

»Das werde ich sofort für dich erledigen. Wenn du mir das Geld gibst, werde ich noch heute zum Gasthof gehen.«

In diesem Augenblick wurde Ulrichs Kammertür geöffnet und eine Dienstmagd erschien.

»Junger Herr, Ihr sollt bei unserem Herren Heinrich Brömser von Rüdesheim erscheinen und der Herr Burkhard ebenso.«

Beide machten sich unverzüglich auf den Weg und wurden sofort zu Heinrich Brömser vorgelassen.

»Ulrich und Burkhard, jungen Herren, ich beordere Euch hiermit nach Koblenz. Richard von Greiffenklau zu Vollrads, ein sehr enger Freund von mir, bat mich um diese Hilfe. Er befindet sich auf der Reise nach Trier. Richard von Greiffenklau wurde vor ein paar Jahren zum Erzbischof von Trier bestimmt. Jetzt befindet er sich auf einer Reise von Rüdesheim, zurück nach Trier

Doch zunächst reist er nach Koblenz. Dort will er ein großes Fest veranstalten, bei dem auch Ritterturnier stattfinden soll.

Dorthin, sollt Ihr ihn begleiten und Teil seines Gefolges sein. In Koblenz selbst werdet Ihr circa zwei Wochen Zeit verbringen und dem Richard von Greiffenklau zur Verfügung stehen. Eventuell sollt Ihr dort auch als Knappen der Ritterschaft dienen. Es herrscht ein Mangel an Knappen und ich habe mich von Euren Fähigkeiten überzeugt. Ihr sollt dort nicht selbst kämpfen, sondern nur einem Ritter, der für Euch noch auserwählt wird, hilfreich zur Seite stehen, seine Waffen tragen und sein Pferd führen. Dazu seid Ihr beide in der Lage. Dort in Koblenz wird, wie ich schon sagte, ein großes Turnier zelebriert werden.

Die Reise beginnt in zwei Tagen. Da von hier aus keine Wege am Rhein entlang gen Norden führen, werdet Ihr mit dem gesamten Gefolge mitreisen, und zwar mit einem Schiff, hier von Rüdesheim aus. Wie Ihr am Ende der Aufgabe hierher zurückgelangt, überlasse ich Eurem Geschick. Ihr werdet mit den nötigen Mitteln ausgestattet.

Bevor ich es vergesse, du Ulrich von Olmen bist von deiner Arreststrafe mit sofortiger Wirkung befreit. Bemühe dich in Zukunft um bessere Pünktlichkeit.«

Als die beiden Freunde zurück in Ulrichs Kammer waren, freuten sie sich beide auf das bevorstehende Abenteuer.

»Dann werde ich heute in den Abendstunden in die ‚Linde' gehen und kann meine Schuld selbst begleichen. Begleitest du mich dorthin?«

»Das ist eine gute Gelegenheit, die Freude auf das kommende Abenteuer mit einigen Bechern Wein zu begießen. Da werde ich dich doch nicht allein lassen. Ich begleite dich natürlich und werde mit dir gemeinsam trinken.«

Taschenspielertricks

Ulrich und Burkhard verließen in den Nachmittagsstunden den Brömserhof. Es war noch zu früh, um in der ‚Linde' zu zechen, also beschlossen sie, bei einem Spaziergang durch Rüdesheim, den Ort noch weiter zu erkunden.

Schnell erreichten beide den Marktplatz und von dort schlug Ulrich den Weg zur Vorderburg ein.

»Diese Burg kenne ich bisher nur vom Ansehen. Wem gehört sie eigentlich?«

Burkhard wusste Bescheid und erklärte sein Wissen dem Ulrich.

»Diese Burg ist ebenfalls Eigentum der Brömser. Sie wurde in der Vergangenheit zu unterschiedlichen Zwecken genutzt. Derzeit dient sie als Ausweich zur Unterbringung von Gästen, aber auch als Lager.«

»Schau dort herüber«, Ulrich zeigte auf ein kleines Haus im Schatten der Burg, »dort habe ich die Nacht mit Elisabeth verbracht. Das Haus gehört einer Freundin von ihr. Diese Freundin ist seit einiger Zeit verschwunden. Elisabeth sorgt sich um sie. Jetzt lebt Elisabeth allein in dem kleinen Haus.«

Sie gingen weiter nach Süden und stießen am Pulverturm auf ein Stadttor.

»Hier stand ich vor ein paar Tagen bereits und habe die Schiffe auf dem Rhein bewundert. Schau dort, dieses Tor«, er zeigte auf einen engen Durchgang in der Ringmauer, »bist du dort schon einmal durchgegangen?«

»Ja, das bin ich. Das ist das Rheintor«, erklärte Burkhard, »das ist für Fuhrwerke viel zu schmal. Hier kommen nur Menschen, die zu Fuß gehen oder Reiter hindurch.«

Am Rhein stehend, beobachteten sie erneut die Schiffe auf dem Fluss, die Richtung Osten, flussaufwärts getreidelt wurden. In der anderen Richtung ließen sich die Schiffer vom Segel unterstützt, mit der Strömung treiben.

»Erst neulich habe ich verstanden, warum Schiffe mit Pferden gezogen werden. Der Rhein hat eine starke Strömung und nur so kommen die Schiffe stromaufwärts.«

»Das hast du gut erkannt. Ich kenne viele Menschen, die den Grund nicht verstanden haben.«

Dann liefen sie weiter in Richtung Osten und erreichten nach ungefähr 600 Meter eine weitere Burg.

»Diese Burg sieht schauerlich aus, es ist wohl eher eine Ruine«, stellte Ulrich fest und schaute seinen Freund fragend an.

»In der Tat, so könnte man meinen. Aber du solltest wissen, dieses Gebäude trägt den Namen Weißburg. Der Eindruck, den du hattest, kommt daher, dass diese Burg vor langer Zeit einmal gebrannt hat. Seit ein paar Jahren ist sie allerdings wieder bewohnt. Ein Mann von Adel, mit Namen Berthold von Breitenfels, hat die Ruine erworben und sich im Inneren eine Art Wohnhaus gestaltet, in dem er mit seinem Gesinde lebt. Ich selbst habe ihn nie gesehen, man sagt von ihm, dass er ein Eigenbrötler sei und nicht sehr zugänglich. Man weiß, dass er einige große Hunde sein Eigen nennt.«

Und wie zur Bestätigung erklang hinter den Mauern der Burg das Bellen von mehreren Hunden.

»Lasst uns zurückgehen, lasst mich meine Schulden begleichen und wenn es dann so weit kommt, lasst uns dem Wein hingeben.«

Burkhard musste lachen, denn er erinnerte sich, wie mühsam es war, den trunkenen Ulrich neulich zurück in den Brömserhof zu leiten.

Sie erreichten unter viel albernen Reden und Gelächter die ‚Linde'. Im Inneren war es ziemlich voll, alle Tische waren mit Gästen besetzt und die Stimmung kochte hoch. Die meisten hatten bereits dem Wein gut zugesprochen und ein Musikant spielte auf einer Drehleier und sang dazu. Außerdem gehörte ein junges, hübsches Mädel zu ihm und zeigte zu seiner Musik reizende Tänze.

Als Trautchen die beiden erblickte, die sich im Raume nach einem freien Platz umschauten, winkte sie die beiden zu sich.

»Folget mir, ich habe einen vortrefflichen Platz für die jungen Herren.«

Trautchen lenkte Ulrich und Burkhard und wies den beiden zwei Plätze an einem Tische in der Nähe des Musikanten an. An der großen Tafel saßen bereits sechs andere Männer, mittleren Alters.

Ulrich sah sich zunächst im Raume und versuchte Elisabeth zu entdecken, fand sie aber nicht. Dann sprach er Trautchen an und bedeutete ihr, dass er ausreichend mit Geld versorgt sei und seine Schulden bezahlen könne.

»Ruhig Blut, junger Herr, Ihr solltet erst etwas verzehren und Euren Durst stillen, dann werde ich Euch die Rechnung summa summarum eröffnen. Habet Geduld. Mutter hat heute eine vorzügliche Linsensuppe gekocht und wenn Ihr möget, gibt es Schweinebacken dazu.«

»So sei es«, Burkhard bestellte für sich und Ulrich, das feil gebotene und für jeden einen Becher mit Wein.

Nachdem beide das Mahl genossen, der erste Becher geleert und der zweite auf dem Tische gestanden hatte, kamen sie mit den Männern am Tisch ins Gespräch.

Diese glaubten wohl, mit den jungen Freunden, ihren Schabernack treiben zu können, doch Burkhard schmunzelte nur und flüsterte Ulrich zu:

»Warte ab, ich kenne einige Tricks, damit werde ich die Herren hier schon in den Griff bekommen.«

Burkhard sprach einen der Männer an und bat ihn um eine Münze. Er versprach, ihm die Münze natürlich wieder zurückzugeben.

»Gebet Ihr mir das Geld nicht zurück, dann werdet Ihr Ärger bekommen«, brummte der Mann, öffnete aber seinen Beutel und zog eine Münze heraus.

Burkhard nahm die Münze, in die Hand, machte eine Bewegung und zeigte beide leeren Hände. Die Münze war verschwunden. Bevor der Besitzer reklamieren konnte, tauchte die Münze wieder auf und Burkhard ließ die über den Handrücken wandern.

Zwei Männer sprangen auf, die anderen waren starr vor Schreck.

»Seid Ihr des Teufels? Der Satan will uns vernichten.«

»Keine Sorgen Freunde. Fürchtet Euch nicht, ich bin auch nicht verhext. Es ist ein simples Taschenspielerstück. Ich werde es Euch zeigen.«

Burkhard zeigte den Trick, wie er die Münze über seine Hand wandern ließ. Er zeigte es ganz langsam und fragte dann:

»Wer von Euch möchte das einmal nachmachen?«

»Das ist doch wohl einfach. Wenn Ihr das könnt, kann ich das auch.«

»Ich wette mit Euch«, sagte Burkhard, »dass Ihr es nicht schafft. Ihr habt drei Versuche. Schafft Ihr es, bekommt Ihr von mir eine solche Münze als Lohn. Schafft Ihr es nicht, müsst Ihr mir eine Münze zahlen. Seid Ihr einverstanden?«

»Die Wette gehe ich ein«, rief der Mann, doch nach drei vergeblichen Versuchen, fluchte der Kerl und zahlte eine Münze an Burkhard.

»Will es noch einer von Euch probieren?«

Doch niemand willigte ein. Burkhard gab die geliehene Münze an den Besitzer zurück, legte die bei der Wette gewonnene Münze auf den Tisch, öffnete seinen Beutel und holte zwei Münzen gleicher Art heraus, die er ebenfalls auf den Tisch legte.

»Wie viele Münzen seht Ihr vor mir auf dem Tisch?«, fragte er in die Runde.

»Drei, natürlich«, lautete die Antwort der Männer.

»Ich nehme jetzt zwei Münzen in meine Hand.«

Die Männer konnten das beobachten. Dann sagte Burkhard:

»Die eine Münze hier, stecke ich jetzt in meinen Hosensack.«

Sprach es aus und ließ die Münze verschwinden.

»Wie viele Münzen habe ich hier in meiner Hand? Ihr habt es gesehen. Wer die richtige Zahl nennt, bekommt eine Münze von mir. Wer die falsche Zahl sagt, zahlt mir eine Münze. Seid Ihr einverstanden?«

Die Männer nickten und alle sagten als Lösung: »Zwei Münzen habt Ihr in der Hand.«

Burkhard legte die Münzen aus seiner Hand langsam auf den Tisch. Es waren drei.

Zwei Männer lachten, die anderen blickten eher etwas ängstlich. Aber alle zahlten eine Münze für die verlorene Wette.

»Könnt Ihr das wiederholen? Mit denselben Bedingungen?«

»Ja, ich kann.«

Wieder legte Burkhard drei Münzen sichtbar auf den Tisch.

Er wiederholte seine Worte und sprach:

»Zwei Münzen nehme ich in meine Hand«, alle konnten es sehen. »Und eine Münze lasse ich im Hosensack verschwinden. Wie viele Münzen habe ich jetzt in der Hand?«

»Natürlich drei, Ihr seid ein Witzbold.«

Alle glaubten an die drei Münzen. Burkhard zählte die Münzen langsam vor, doch es waren vier. Und wieder zahlte jeder am Tisch für die verlorene Wette.

»Ich habe Euch durchschaut«, rief einer der Männer, »ich beabsichtige mein Geld zurückzugewinnen, los, noch einmal.«

Alle stimmten zu. Burkhard legte drei Münzen auf den Tisch, nahm wiederum zwei davon auf und steckte eine in die Hose.

Ulrich konnte sich kaum noch halten vor Lachen. Er hatte den Trick von Burkhard zwar nicht durchschaut, doch er wusste, dass dieser die Situation unter seiner Kontrolle hatte.

Burkhard wollte wissen, wie viele Münzen jetzt in seiner Hand wären. Die Männer glaubten es zu wissen und sie antworteten: »Drei«, »Vier«, »Zwei«!

Burkhard öffnete beide Hände. Sie waren leer. Und wieder bat er die Männer zur Kasse. Die bezahlten ihre Wettschulden und waren inzwischen eher zornig und einer meinte:

»Euch sollte man als Hexe verbrennen.«

Die Männer winkten Trautchen herbei, zahlten für ihren Verzehr und verließen ungehalten das Gasthaus ‚Zur Linde'.

Die beiden hatten jetzt den ganzen Tisch für sich. Ulrich wollte sich förmlich ausschütten vor Lachen.

»So etwas habe ich ja noch nie gesehen, den Trick musst du mir unbedingt beibringen.«

»Aber nicht, bevor wir uns mit dem guten Wein betrunken haben. Weißt du eigentlich, dass ich den Kerlen so viel Geld aus der Tasche gezogen habe, dass wir unsere gesamte Zeche und noch dazu deine Schulden vom Vortag davon begleichen können?«

»Trautchen, bringe uns bitte vom Wein noch ein paar Becher.«

Mit dem Schiff nach Koblenz

Ulrich und Burkhard standen am Hafen und warteten vor einem größeren Schiff, welches bereits angelegt hatte. Ihre benötigte Reisekleidung trugen sie jeweils in einem großen Umhängebeutel. Beide hatten eine Trinkflasche bei sich, die aus einer Tierblase hergestellt war. Sie hatten sich jeder einen Wanderstab geschnitzt und trugen ein Messer am Gürtel. Weitere Ausrüstungen, so hatte man ihnen mitgeteilt, würden sie nicht benötigen.

Ulrich war gespannt darauf, Richard von Greiffenklau zu Vollrads kennenzulernen, von dem er schon so vieles gehört hatte. Vor dem Schiff hatten sich auch bereits andere Personen eingefunden. Aus den Gesprächen erfuhr Ulrich, dass das Gefolge, welches zu Richard von Greiffenklau gehörte, mit diesem nach Trier reisen würde und dort ihrem Herrn zukünftig zu Diensten sein sollte. Das Personal war sorgfältig auserlesen, denn der Graf legte Wert auf Vertraulichkeit. Er erhoffte sich durch die Vergrößerung des Personals, die Abläufe am Bischofssitz in Trier zu verbessern.

Zu seiner Enttäuschung erfuhr Ulrich, dass Richard von Greiffenklau nicht mit dem Schiff reisen würde, denn er war bereits nach Koblenz abgereist, würde aber alle dort erwarten.

Auch der Schiffsführer Martin Eschenheimer war vom Grafen speziell ausgewählt worden. Mit ihm kam Burkhard ins Gespräch, als sie bereits an Bord des Schiffes waren. Es war noch etwas Zeit übrig, da noch nicht alle Erwarteten eingetroffen waren und so konnte sich der Schiffsführer auch dem Gespräch mit Burkhard widmen.

»Das ist ein großes Schiff, dass Ihr hier führt.«

»Sehr wohl. Diese Art Schiff nennt man Oberländer, manche sagen auch nur Oberlander. Es heißt so, weil es auf dem Rhein nur bis nach Köln fährt. Von Köln aus flussabwärts sind die Schiffe anders gebaut und man nennt sie Unterländer oder auch Niederländer. Oberländer und Unterländer sind unterschiedliche Konstruktionen eines Schiffes und werden für die speziellen Bedingungen des Flusses gebaut.«

»Am Ende des Schiffes hängen zwei Nachen, was ist deren Bedeutung?«

»Sie werden auch Schaluppen genannt, wir nennen sie Schluppen. Diese dienen dazu, die Treidelleine an Land zu bringen oder die Leine über Hindernisse zu heben.«

»Wie viel Zeit werden wir für die Reise nach Koblenz benötigen?«

»Das ist noch unbestimmt. Wir müssen uns auf der Fahrt auf einige schwierige Passagen einstellen, das beginnt gleich hier bei Bingen. Da gibt es eine Engstelle, da liegt ein Felsen im Wasser. Der ist nur schwer zu passieren. Durch dieses Riff wird sogar das Wasser im Rhein gestaut. Die Passage verdient unsere volle Konzentration und gleiches gilt für die Passage an der Loreley. Auch dort gibt es einen gefährlichen Felsen, der sich unserem Schiff in den Weg stellen wird. Aber die Schiffsmanöver dort, lassen uns nur wenig Zeit verlieren, wenn wir achtgeben.«

»Loreley, den Namen habe ich bisher noch nie gehört.«

»Ley, das ist eine Bezeichnung für Felsen. Und speziell der Felsen, den wir Loreley nennen, ist sehr gefährlich. Viele Schiffsunglücke sind dort passiert. Viele Menschen glauben, dass hinter diesen Unglücken höhere Mächte stecken. Es wurden häufig Zwerge oder Berggeister als Ursache für die Unglücke, als Schuldige genannt. Aber als Schiffsführer weiß ich, dass die Ursachen in den Felsen im Rhein zu suchen sind, denn dadurch werden starke Strudel verursacht, die manchmal ein Schiff nicht mehr steuerbar machen. Habt keine Sorge, wir werden diese Engstellen im Rhein ohne Probleme passieren.

Es gibt aber etwas anderes, was uns Zeitprobleme bereiten kann. Wir werden hier am Rhein an vielen Zollburgen halten und warten müssen. Wir sind zwar im Besitze eines Freibriefes, aber man wird uns nicht nur einen Wegezoll für die Nutzung des Flusses abverlangen, wenn der zuständige Burgherr unseren Freibrief nicht anerkennt, kann das Eintreiben des Zolls einem Raubüberfall gleichen. Wenn alles günstig verläuft, werden wir wohl einen gesamten Tag benötigen, bis wir Koblenz erreichen, wenn es Schwierigkeiten oder Willkür gibt, werden wir wohl zwei oder gar drei Tage für die Strecke aufbringen müssen.«

Burkhard ging nach dem Gespräch hinüber zu Ulrich, der an der Reling des Schiffes stand und weitere ankommende Personen beobachtete, die offensichtlich auch zum Gefolge gehörten. Burkhard wollte seinem Freund erklären, was er soeben vom Schiffsführer Martin Eschenheimer vernommen hatte. Doch der unterbrach ihn.

»Schau einmal dort auf der rechten Seite, der große Mann, der dort steht, ist das nicht derjenige, der den Abt im Kloster Johannisberg niederschlug?«

»Wenn ich mich recht entsinne, trug der Mann lange und blonde Haare. Die Frisur reichte herab bis auf die Schultern. Erinnerst du dich?«

»Ja, ich erinnere mich, jener dort hat kurze Haare. Aber bedenke, dass man eine Frisur der Haare auch ändern kann, man kann sie kürzen.«

Inzwischen hatte der große blonde Mann, zusammen mit anderen, das Schiff betreten und sprach mit dem Schiffsführer. Dieser ließ die Schiffsglocke erklingen und verkündete damit, die Abfahrt des Schiffes.

Die beiden Freunde hatten auf einer Bank Platz gefunden und beobachteten, wie das Schiff sich dem Binger Loch näherte, einer Engstelle, die zwischen dem Meuß-Thurm und der Burg Ehrenfels verlief.

Mit viel Geschick manövrierte der Martin Eschenheimer sein Schiff durch diese enge Passage und es war zu spüren, wie sehr das Gefährt beschleunigte. Danach verlief die Fahrt eher gemächlich.

Es war noch früher Morgen und Ulrich nahm ein Stück Brot aus seinem Beutel und begann es zu verzehren.

»Ulrich, ich bin sicher. Du hast recht, ich habe den Mann mit den blonden Haaren wiedererkannt. Er ist der, der den Abt niederschlug.«

»Was machen wir? Können wir gegen ihn Klage erheben?«

»Ich bin mir nicht sicher, wir sollten warten, vielleicht ergibt sich eine Gelegenheit, mit dem Blonden zu sprechen.«

Nach einiger Zeit erreichten sie die Zollburg bei Kaub. Das Schiff fuhr zwischen der Insel, auf der die Burg stand und dem Ufer bei Kaub hindurch. Burkhard sprach den Schiffsführer an und erfuhr von ihm, dass sich auf der linken Seite des Rheins eine sehr gefährliche Stromschnelle befand, die den Namen ‚das wilde Gefähr' trug. Daher passierte das Schiff die Burg auf der anderen Seite und machte an der Burg halt. Zwei Männer der Burg, offensichtlich Zöllner, betraten das Schiff. Der Schiffsführer Martin Eschenheimer unterhielt sich mit ihnen, zeigte den Freibrief und zahlte den Wegezoll. Als die beiden Zöllner das Schiff verlassen hatten, gab Martin Eschenheimer das Abfahrtssignal mit der Glocke und die Fahrt ging weiter.

Ulrich sammelte ständig neue Eindrücke und genoss es, zum ersten Mal mit einem Schiff unterwegs zu sein.

Plötzlich sah er, wie der blonde Mann auf sie zukam und sich zu ihnen auf die Bank setzte. Ulrich sah in sein Gesicht und stellte fest, dass er nicht wesentlich älter als Burkhard sein könne.

»Hallo, die jungen Herren. Darf ich mich Euch bekannt machen? Ich bin Bodo von Eppstein, Richard von Greiffenklau ist ein Freund meines verstorbenen Vaters und hat mich gebeten, ihm nach Trier zu folgen, denn ich möchte mein Leben Gott und der Kirche weihen. Folgt Ihr auch dem Grafen bis nach Trier?«

»Nein, wir begleiten Euch nur bis nach Koblenz. Dort sollen wir als Knappen zur Verfügung stehen. Unser Herr, Heinrich Brömser von Rüdesheim, hat uns gesandt.«

»Heinrich Brömser, der ist mir auch wohlbekannt.«

»Kann es sein«, schaltete sich Ulrich ins Gespräch ein, »dass Ihr Eure Haare, vor nicht allzu langer Zeit, sehr viel länger getragen habt?«

»Ja, Ihr habt recht. Aber ich habe Buße getan und mir deswegen auch die Haare geschnitten.«

»Wenn mich nicht alles täuscht, haben wir Euch gesehen, im Kloster Johannisberg, als Ihr mit zwei anderen den Abt niedergeschlagen habt. Kann das sein?«

Bodo von Eppstein schaute ganz ernst und druckste etwas herum. Dann nickte er.

»Ja, ich habe einen fürchterlichen Fehler begangen.«

Nach einer Pause fügte er hinzu:

»Ich weiß nicht, ob ich Euch davon berichten kann.«

»Nur zu«, ermunterte ihn Burkhard zum Reden.

»Was war denn Euer Fehler, den Ihr begangen habt?«, wollte Ulrich wissen.

»Der Fehler war, dass ich den Abt schlug.«

»Welchen Grund hatte Ihr, Abt Simon beinahe zu erschlagen?«, Burkhard fragte beharrlich nach.

»Wisst Ihr, es gab eine Fehde zwischen meinem Bruder und dem Abt Simon von Kloster Johannisberg. Der Grund war, mein Bruder beschuldigte den Abt Simon, die Frau meines Bruders zur Unkeuschheit getrieben zu haben und hat dem Abt die Fehde erklärt.«

»Was habt Ihr damit zu tun, wenn Euer Bruder die Fehde ausruft?«

»Als Bruder ist es meine Pflicht, dem Bruder bei einer Fehde zur Seite zu stehen.«

»Und was war dann der Fehler?«

»Es waren zwei Fehler. Mein erster Fehler bestand darin, den Abt in einer Kirche angegriffen zu haben. Das ist wider die Regel bei einer Fehde und nicht statthaft. Der zweite Fehler wurde mir erst danach bewusst. Mein Bruder erfuhr, dass seine Frau ein liederliches Weib war und mit vielen Männern Unzucht trieb. Daraufhin habe ich bei Richard von Greiffenklau zu Vollrads, meine Schuld eingestanden. Ich habe bei Abt Simon die Beichte abgelegt und mich bei ihm entschuldigt. Dann bat mich Richard von Greiffenklau zu Vollrads, zu ihm in den kirchlichen Dienst zu treten und ihm nach Trier zu folgen.«

»Dann seid Ihr also jetzt frei von Schuld?«, fragte Ulrich.

»Vor dem Recht bin ich frei von Schuld, aber nicht vor meiner Seele. Ich bereue die Tat. Nicht auszudenken, was geschehen wäre, wenn Abt Simon getötet worden wäre. Das bedeutet, dass ich für immer meinem Herrn Jesus Christus dienen werde und auf Erden meinem Herrn Richard von Greiffenklau zu Vollrads.«

»Ich danke Euch, dass Ihr uns in aller Offenheit von Euch berichtet habt. Es war eine Ehre für uns. Danke.«

Burkhard hatte die richtigen Worte gefunden und Ulrich war äußerst beeindruckt.

Ulrich und Burkhard erhoben sich ebenfalls, nachdem Bodo von Eppstein sie verlassen hatte und stellten sich neben den Schiffsführer. Der freute sich über die Gesellschaft.

»Wir werden heute Koblenz nicht mehr erreichen. Gleich gibt es einen längeren Aufenthalt.«

»Was wird uns erwarten?«, fragte Ulrich.

»Wir erreichen die Burg Neukatzenelnbogen. Direkt gegenüber befindet sich die Burg Rheinfels. Beide Burgen gehören den Grafen von Katzenelnbogen. Die Herren sind in der Lage, den Fluss völlig abzusperren. Ohne eine Abgabe zu entrichten, kommt kein Schiff an ihnen vorbei. Wir werden hier anlegen müssen und so Gott will, morgen in der Frühe weiterkommen.«

»Dann können wir uns jetzt zur Nachtruhe begeben?«

»Vielleicht bleibt Ihr noch etwas wach und aufmerksam, erlebet doch noch, wie wir die Loreley passieren. Da ist nämlich wieder eine schwierige Passage, da es bereits dunkel ist.«

Die beiden Freunde spürten, wie ihr Schiff von der starken Strömung fast an das gegenüberliegende Ufer gedrückt wurde und sie entdeckten starke Strudel im Wasser. Es war allein dem Geschick des Schiffsführers zu verdanken, dass das Schiff die gefährliche Stelle passieren konnte.

Kurz nach der Flussbiegung machte das Schiff fest und die meisten an Bord begaben sich zur Ruhe.

Sankt Goar

Am Morgen wurde Ulrich durch laute Rufe und Schreie geweckt. Er erhob sich und reckte und streckte sich, denn das Lager auf den Schiffsplanken war nicht sehr bequem. Als er nach der Ursache des Lärms sehen wollte, wurde er von Burkhard hinter eine Kiste gezogen.

»Komm hier herunter. Soldaten sind an Bord, das verheißt nichts Gutes.«

Dem Lärm konnten sie entnehmen, dass der Schiffsführer Martin Eschenheimer offensichtlich gefangengenommen und von Bord geführt wurde.

»Was ist geschehen? Hast du etwas von all dem mitbekommen?«

Burkhard erklärte, dass die Soldaten wohl die Aufgabe hatten den Zoll einzutreiben, den Freibrief nicht akzeptierten und auch mit dem Wegezoll nicht zufrieden waren. Sie wollten, obwohl keine Handelsware an Bord war, eine zusätzliche Summe Zoll für die Menschen an Bord und deren Mitbringsel.

»Jetzt haben sie den Martin Eschenheimer mitgenommen und stellen Bedingungen für dessen Freilassung. Den Schiffsführer wolle man in das Verlies auf Schloss Rheinfels werfen und sie erwarten dann ein entsprechendes Lösegeld für ihn.«

Die Männer an Bord des Schiffes kamen zusammen und berieten über das weitere Vorgehen. Bodo von Eppstein wurde als Verhandlungsführer erkoren und von zwei Gehilfen des Schiffsführers, mit einem Nachen über den

Rhein gerudert, sodass er zur Burg Rheinfels gelangen konnte.

Es dauerte ungefähr drei Stunden, bis Bodo von Eppstein zurückkehrte. Ihm war es gelungen, den Martin Eschenheimer freizubekommen und er brachte ihn direkt mit.

Bodo von Eppstein berichtete von seinen Erlebnissen auf der Burg Rheinfels. Als er die Burg erreichte, stellte er fest, dass sich der Schiffsführer Martin Eschenheimer noch nicht im Kerker befand. Er hielt sich im großen Saal der Burg auf und wurde von zwei bewaffneten Männern des Burgherrn bewacht.

Bodo von Eppstein erfuhr, dass derzeit keiner der adligen Herrschaften in der Burg sei und der Hauptmann Karl von Marburg auf der Burg als Stellvertreter fungiere. Als er diesem den Freibrief des Richard von Greiffenklau zu Vollrads präsentierte, habe der Hauptmann geflucht und dann entschuldigende Worte gefunden. Richard von Greiffenklau zu Vollrads sei ein alter Freund des Hauses. Dann habe der Hauptmann angeordnet, dass der Schiffsführer Martin Eschenheimer sofort freigelassen werden musste. Und so seien sie anschließend wieder auf das Schiff zurückgekehrt.

Burg Ehrenbreitstein

Burg Ehrenbreitstein erreichten sie in den späten Abendstunden. Die vielen Kisten an Bord des Schiffes wurde entladen und zum Teil mit Pferden nach oben auf die Burg transportiert. Alle waren erschöpft und erst als das gesamte Gefolge auf der Burg verpflegt und mit reichlich Wein versorgt war, kehrte langsam Ruhe ein. Ulrich und Burkhard wurden mit anderen jungen Männern zusammen in einer Kemenate untergebracht und ein Kaminofen spendete Wärme in den ansonsten kalten Räumen der Burg.

Bevor sie in ihren Betten Ruhe fanden, wurde noch viel geschwätzt und albernes Zeug geredet.

Am nächsten Morgen traten alle im Innenhof der Burg an, wo sie von Richard von Greiffenklau zu Vollrads begrüßt wurden. Er erklärte den Menschen, die erschienen waren, dass er der Erzbischof von Trier sei. Die Burg Ehrenbreitstein gehöre zum Erzbistum Trier und er beabsichtige, diese in den nächsten Jahren zu einer Festung auszubauen. Der Beginn des neuen Abschnitts für die Burg als Festung solle mit einem großen Fest gefeiert werden. Deshalb würde in den nächsten Tagen ein großes Ritterturnier veranstaltet werden. Die anwesenden Ritter würden sich aus den zur Verfügung stehenden, ihre Knappen auswählen, falls sie nicht eigene Knappen in ihrem Gefolge hätten. Für die Sieger des Turniers gäbe es nur Ehrenpreise, denn alles würde in Freundschaft vonstattengehen. Am Ende seiner Rede betete Richard von Greiffenklau zu Vollrads mit allen Anwesenden ein Vaterunser.

Am Nachmittag wurden alle Knappen in einen großen Saal der Burg bestellt. Dort saßen bereits vier Ritter und begutachteten zunächst die hereinkommenden Knappen.

Hartmut von Kronberg war Ritter in Frankfurt, er führte das Wort und wählte sich einen der jungen Männer zum Knappen.

Caspar von der Katernburg war Ritter und Konventuale auf Katernburg. Ulrich fragte seinen Freund, was ein Konventuale sei und er bekam die Antwort, ein Konventuale sei ein stimmberechtigtes Mitglied in einem Konvent. Ulrich wollte nicht weiter fragen, da in diesem Moment sein Freund von Caspar von der Katernburg als Knappe auserwählt wurde.

Konrad von Erfurth war Priester und Komtur in Speyer. Er war als nächster an der Wahl und entschied sich für einen anderen jungen Knappen, den Ulrich nicht kannte.

Dieter von Haslach war ein Ritter und Baumeister aus Köln. Da alle anderen Knappen bereits erwählt waren, musste Dieter von Haslach mit Ulrich vorliebnehmen, was er allerdings auch mit Freuden tat.

Die anderen Ritter hatten eigene Knappen mitgebracht und so erfuhr Ulrich, dass insgesamt acht Ritter an dem Turnier teilnehmen würden.

Alle Ritter zogen sich mit ihren Knappen zurück und unterwiesen diese in die künftigen Aufgaben.

Am nächsten Tag begann das Turnier. Viele Menschen kamen aus der Umgebung und erklommen den steilen Weg hinauf zur Burg.

Vor den geladenen Besuchern und den Zuschauern, die aus Koblenz angereist kamen, begrüßte Richard von Greiffenklau zu Vollrads die anwesenden Besucher, Teilnehmer und die Angehörigen.

»Edle Damen, tapfere Rittersleut, liebes Burgvolk, Ihr Bürger der Städte, Ihr Knappen, Mägde und Knechte! Seid willkommen an der Stätte eines ritterlichen Turniers. Wie Ihr alle wisst, ist die Teilnahme an einem solchen Turnier nur adligen Rittern und Ritterbürtigen vorbehalten. Alle anderen sollen ihre Freude daran haben, wenn unsere Ritter hier ihre Waffenkunde und Kampfpraktiken darbieten. Ich wünsche uns allen unterhaltsame Tage und dass alle die Regeln unseres Turniers beachten werden. Wir sorgen dafür, dass mutwillige Missachtung oder gar Verletzungen der Regeln bestraft werden.

Als Nächstes wird der Herold unseres Turniers eine Wappenschau und Ahnenprobe veranstalten. Lasset uns alle dafür beten, dass das Turnier einen guten Verlauf nehmen möge.«

Alle erhoben sich und stimmten erneut in das Vaterunser mit ein, das der Erzbischof anstimmte.

Der Herold erschien auf dem Turnierplatz und trug einen, mit dem Wappen des Richard von Greiffenklau zu Vollrads geschmückten Mantel.

»Mein Name ist Hans Wigand«, er begrüßte die Anwesenden und erklärte, wie die Ahnenprobe und die Helm- und Wappenschau verlaufen würden, bei welcher die adlige Abstammung einer Person anhand seines Wappens und der Wappen seiner Vorfahren überprüft wurde.

Er erklärte zudem, dass unehrenhafte Ritter, die eines Verbrechens beschuldigt wurden, oder auch nicht standesgemäß verheiratete Ritter vom Turnier ausgeschlossen werden.

Dann forderte der Herold die einzelnen Ritter auf, wenn er sie aufrufen würde, mit ihren Waffen und Ausrüstungen auf dem Turnierplatz zu erscheinen.

Der Herold hatte die Namen aller teilnehmenden Ritter auf einzelne Papierbogen geschrieben, zusammengerollt und die Rollen in einen Ritterhelm gelegt.

Dann zog er, sodass alle es sehen konnten, die erste Papierrolle heraus und las den Namen laut vor.

»Dieter von Haslach«, erschallte es auf dem Turnierplatz. Derselbe und sein Knappe Ulrich von Olmen erschienen. Dieter von Haslach war in seine Rüstung gekleidet und trug ein Schild vor sich, auf dem sein Wappen farbenfroh gemalt war und Ulrichs Aufgabe war es, die gesamten Waffen zu tragen. Das waren ein spezielles Breitschwert, mehrere Lanzen und ein Dolch.

Ulrich legte die Waffen auf den Boden und Hans Wigand, der Herold schritt heran und prüfte zunächst die Legitimation des Ritters. Er führte die Ahnenprobe durch, bei welcher die adlige Abstammung eines Ritters anhand seines Wappens und der Wappen seiner Vorfahren überprüft wurden.

Für die Berechtigung der Führung einer Helmzier mit Helmkrone musste ein Nachweis erbracht werden.

Dieter von Haslach trug ein Wappen an seinem Helm und auf seinem Schild. Die Prüfung war schnell absolviert und der Ritter wurde für würdig befunden, am Turnier teilnehmen zu können.

Dann wurden die Waffen überprüft. Für dieses Turnier waren stumpfe Waffen vorgeschrieben. Das Breitschwert und der Dolch wurden nicht beanstandet. Der Herold ordnete allerdings an, dass die Lanzen des Dieter von Haslach noch entschärft werden müsse. Der Ritter sagte dieses zu und damit waren die Prüfungen überstanden.

Dieter von Haslach befahl Ulrich, jetzt seine Rüstung und die Waffen zu putzen und an den Lanzen stumpfere Spitzen zu befestigen. Danach musste Ulrich das Pferd des Dieter von Haslach füttern und pflegen. Der Ritter nannte sein Pferd ‚Bellator'. Ulrich wusste, dass das der lateinische Name für ‚Krieger' war. Mit seinen Aufgaben war Ulrich sehr beschäftigt und konnte daher nicht die Überprüfungen der anderen Ritter verfolgen.

Erst gegen Abend traf er seinen Freund wieder. Dieser hatte fast die ganze Zeremonie verfolgen können und berichtete, dass alle bestanden hätten.

Gemeinsam tranken beide noch jeder zwei Becher Wein und beschlossen dann, in ihrer Kemenate schlafen zu gehen.

Das Turnier

Ulrich wurde sehr früh wach, stand gleich von seinem Lager auf, wusch sich und ging in die Küche. Er ließ sich einen Brei und ein Stück Brot reichen. Ulrich verspeiste sein Frühstück mit großem Appetit und trank dazu einen Becher Milch.

Er war froh, so zeitig aufgestanden zu sein, denn er wusste, dass sein Ritter schon als Erster bei dem Turnier antreten musste. So blieb ihm jetzt noch etwas Zeit, sich um das Pferd ‚Bellator', die Rüstung und die Waffen zu kümmern. Auch das Pferd wurde mit einem Rossharnisch vor Verletzungen geschützt. Als er mit den Vorbereitungen fertig war, erschien Dieter von Haslach und begutachtete Ulrichs Werk. Er war hochzufrieden und lobte seinen Knappen.

Als die Zeit gekommen war und Hans Wigand, der Herold, die Ritter auf den Turnierplatz rief, schritt Dieter von Haslach voran. Ulrich folgte ihm, führte das Pferd und trug die Waffen. Der Herold erklärte, dass ein Tjost veranstaltet würde. Das war ein Turnier, bei dem zwei Ritter gegeneinander kämpften. Der Herold wies Dieter von Haslach an, auf der linken Seite des Turnierplatzes anzutreten.

Der Ritter, mit dem Dieter von Haslach zu kämpfen hatte, war Albert von Manstein. Dieser wurde mit seinem Knappen auf die rechte Seite des Platzes gewiesen.

Alle Pferde trugen einen Rossharnisch, der aus vielen beweglichen, übereinander geschichteten Platten bestand.

Als die Ritter auf ihren Pferden saßen und die Lanze angelegt hatten, gab der Herold das Zeichen und beide starteten auf ihrer Seite der Turnierbahn, die in der Mitte durch eine Schranke begrenzt war. So wollte man verhindern, dass die Ritter unmittelbar aufeinander zureiten konnten, wie es in früheren Zeiten der Fall war. Das Ziel war es, den Gegner mit einem Lanzentreffer zu Fall zu bringen. Wenn einer vom Pferde stürzen würde, war der Kampf entschieden. Falls keiner herunterfiel, wurde der Ritt wiederholt.

Sollte auch nach mehreren Anritten kein Sieger feststehen, würde der Herold, die edlen Damen auf der Tribüne um ein Urteil bitten.

Dieter von Haslach und Albert von Manstein ritten auf das Zeichen des Herolds los. Beide trafen mit ihren Lanzen, aber nicht genau genug. Die Regel besagte, dass beide bis zum Ende der Turnierbahn ritten, dort ihre Pferde wendeten und auf ein neues Zeichen des Herolds warteten. Dieses Mal befand sich der Gegner auf der anderen Seite und die Lanze musste entsprechen neu angelegt werden.

Wieder kam das Zeichen des Herolds, die Gegner ritten los und jetzt wurde Dieter von Haslach aus dem Sattel gehoben und fiel mit einem Schmerzensschrei zu Boden. Die Zuschauer bejubelten Albert von Manstein ob seines Sieges, doch Hans Wigand, der Herold, schritt ein.

Er entschied, dass Albert von Manstein gegen die Regeln verstoßen hätte. Seine Lanze hatte den Dieter von Haslach am Bein getroffen. Es waren aber nur Treffer oberhalb der Hüfte erlaubt.

Dieter von Haslach lag am Boden und hatte scheinbar schwere Verletzungen davongetragen. Ein Wundarzt kümmerte sich um ihn und erklärte, dass der Ritter sich vermutlich den Oberschenkel gebrochen hätte. Zur Versorgung wurde er abtransportiert.

Ulrich war es in der Zwischenzeit gelungen, das Pferd seines Ritters einzufangen. Er trug die Waffen zusammen und führte das Pferd in die Stallungen. Die Ausrüstung übergab er dem Gefolge des Dieter von Haslach. Damit war seine Aufgabe bei dem Turnier beendet.

Er ging zurück zum Turnierplatz. Dort hatte der Herold inzwischen eine Entscheidung der edlen Damen auf der Tribüne eingefordert. Der Fehler des Albert von Manstein sollte bestraft werden. Die Damen konnten zwischen mehreren Strafen wählen. Beliebt war das Verprügeln des Täters. Nach langer Diskussion entschieden sich die Damen dafür, dass Albert von Manstein auf seinem Sattel auf die Schranke des Turnierplatzes gesetzt wurde. Diese Strafe war ebenfalls sehr beliebt, weil der Übeltäter auf der Schranke dem Spott und der Beschimpfung des Publikums ausgesetzt war.

Ulrich empfand das Ganze nicht als lustig, denn er glaubte nicht, dass Albert von Manstein diesen Verstoß mutwillig begangen hatte.

Am nächsten Morgen musste Caspar von der Katernburg gegen Bernhard von Maulbach antreten. Ulrich stand am Rande des Turnierplatzes und konnte sehen, wie sein Freund Burkhard seinen Dienst als Knappe verrichtete.

Die beiden Ritter starteten auf das Zeichen des Herolds und in der Mitte der Turnierbahn wurde Caspar von der Katernburg direkt beim ersten Ritt aus dem Sattel gehoben und fiel von seinem Pferd. Der Kampf war regelgerecht und Bernhard von Maulbach wurde zum Sieger erklärt.

Nachdem Burkhard seinem Ritter geholfen hatte, die Rüstung abzulegen und die Waffen zusammengetragen waren, war auch seine Tätigkeit beim Turnier beendet.

Beide beschlossen, den Tag noch abzuwarten und am nächsten Morgen die Rückreise nach Rüdesheim anzutreten.

Auf der Höhe

Burkhard und Ulrich hatten sich mit der Erlaubnis von Richard von Greiffenklau zu Vollrads mit Verpflegung versorgt. Er kümmerte sich sehr um die beiden jungen Männern und verabschiedete sie herzlich.

»Ich hätte Euch vergönnt, noch den Abschluss des Turniers zu erleben, aber ich habe Eurem Herrn Heinrich Brömser von Rüdesheim versprochen, Euch zurückzusenden, wenn Ihr hier nicht mehr vonnöten seid. Ich empfehle Euch, für den Weg nach Rüdesheim die Straßen über die Höhe zu nutzen. Ihr seid beide sicher gut zu Fuß, sodass Ihr für die Strecke zwei oder drei Tage benötigen werdet. Ich empfehle daher, Euch dieser halb mit unserem Herold zu besprechen. Dieser ist sehr ortskundig und hilft Euch mit Rat und Tat.«

Ulrich und Burkhard bedankten sich bei Richard von Greiffenklau zu Vollrads und machten sich auf den Weg den Herold zu suchen. Sie fanden ihn beim Frühstück in der Küche sitzend und erhielten die Erlaubnis, sich zu ihm zu setzen.

»Ihr wollt also von hier aus zurück nach Rüdesheim gehen. Das ist im Prinzip einfach. Notiert Euch einige Wegpunkte. Dazu werfe ich selbst einen Blick in mein Itinerar.«

Nachdem er den Blick von Unverständnis in den Augen von Burkhard und Ulrich entdeckt hatte, erklärte er:

»Ein Itinerar ist ein Verzeichnis von Wegen und Gasthöfen. Dieses hier habe ich mir selbst zusammengestellt.

Darin sind alle Wege, die ich bereits bereiste. Damit kann ich Euch helfen.«

Er studierte aufmerksam sein Itinerar und beschrieb dann den Weg für die beiden Jungen.

»Von hier aus, der Burg Ehrenbreitstein, könnt Ihr dem Rhein folgen bis zur Einmündung der Lahn. Dort erreicht Ihr dann Niederlahnstein, dort nehmet Euch einen Fährmann über die Lahn und Ihr erreicht Oberlahnstein. Dann folgt dem Weg über Frücht, Bechlen, Schweighausen, Dachsenhausen, Gemmerich, Ruppertshofen, Nastätten, von dort nach Strüth. In Strüth gibt es übrigens ein wunderschönes Kloster, das Benediktinerkloster Schönau mit einem gestrengen Abt. Aber, wenn Ihr weiterwollt, von dort geht es über Welterod, Stephanshausen und von dort durch das Gebück nach Rüdesheim.«

Ulrich hatte sich alle Hinweise notiert und Hans Wigand, der Herold erklärte weiter.

»Werdet Ihr unterwegs müde und Ihr möchtet über Nacht in einem Gasthof absteigen, alle Orte, die ich ansprach, haben solche Gasthöfe anzubieten. Alle kann ich den jungen Herrn empfehlen.«

Die beiden bedankten sich bei dem Herold, hängten sich ihre Beutel um und machten sich auf den Weg.

Das Wetter war angenehm, gerade richtig für einen Fußweg. Am Rhein entlang bis zur Einmündung der Lahn führte eine Straße, die von vielen Kutschen und einzelnen Reitern benutzt wurde. Auf dem Wege konnten sie die Schiffe beobachten, die den Rhein hinabtrieben oder segelten und rheinaufwärts getreidelt wurden. Diese Bild war ihnen bereits vom Rüdesheimer Ufer her bekannt. Der Unterschied entstand durch die Landschaft, denn hier waren links und rechts des Flusses Berge und Hügel, zum Teil mit Weinreben bewachsen. In Rheingau war alles viel flacher.

Als sie die Mündung der Lahn erreichten, folgten sie dem Fluss auf der nördlichen Seite und erreichten Niederlahnstein. Sie suchten nach der Möglichkeit, mit einem Fährmann den Fluss zu überqueren, fanden aber zunächst keinen. Erst als sie einen Passanten am Ufer befragten, konnte ihnen dieser eine Adresse nennen. Sie suchten die Adresse auf, klopften an die Tür eines winzigen Hauses und ein älterer Mann öffnete ihnen. Es war der Fährmann, der sich bereit erklärte, die beiden jungen Männer, mit seinem Nachen über den Fluss zu rudern.

Es war der Brauch, den Fährmann erst nach erfolgreicher Überfahrt zu entlohnen, und so geschah es.

Als sie den Ort Becheln erreichten, waren sie etwas mehr als drei Stunden auf den Beinen und sie beschlossen, eine kurze Rast zu machen. Am Wegesrand setzten sie sich auf einen Stein und öffneten ihre Umhängebeutel und holten sich Verpflegung heraus, die sie morgens in der Küche eingepackt hatten.

Ulrich hatte ein großes Brot, ein Stück geräucherten Speck und etwas Obst dabei und sein Trinkgefäß war mit Wasser gut gefüllt.

Burkhard hatte sich auch ein Brot mitgenommen. Dann griff er in seinen Beutel und sagte:

»Schau einmal hier her, welche Schätze ich noch bei mir habe«, mit diesen Worten zog er einen großen Ring einer Blutwurst heraus.

»Da hast du einen guten Fang gemacht. Ich gratuliere dir.«

»Die Wurst ist nicht nur für mich, die habe ich für uns beide mitgenommen. Möchtest du ein Stück davon jetzt probieren?«

»Das würde ich gern, ich danke dir, lieber Freund.«

Burkhard zog sein Messer und schnitt zwei Stücke von der Blutwurst herunter. Ein köstliches Mahl für Wanderer, befanden beide.

Frisch gestärkt mit einem Schluck Wasser machten sie sich wieder auf den Weg.

Sie hielten sich genau an die Empfehlungen des Herolds und fanden Freude an den schönen Wäldern, die sie durchstreiften.

Nach weiteren vier Stunden Fußmarsch erreichten sie Nastätten. Da der Himmel sich zuzog und es aussah, als würde es bald regnen, beschlossen beide, sich ein Quartier zu suchen.

In der Nähe des Marktplatzes entdecken sie den Gasthof ‚Wilder Eber'.

Sie gingen hinein und der Wirt bot ihnen ein Zimmer zu einem annehmbaren Preis an und er versprach, wenn sie beide bei ihm zu Abend essen und etwas trinken würden, im Preis noch etwas herunterzugehen.

Sie bezogen das Zimmer, wuschen sich mit frischem Wasser und kehrten dann im Gasthof ein. Es war ein großer, sauberer Raum mit vielen Tischen und Bänken.

Sie suchten sich einen Platz in der Nähe des flackernden Kamins. Der Wirt setzte sich zu ihnen und sprach:

»Sicher wundert Ihr Euch, dass keine weiteren Gäste hier sind, aber erstens leben in Nastätten nur ungefähr einhundert Menschen und zweitens ist die Gegend hier seit einiger Zeit sehr unsicher.«

»Was meint Ihr mit unsicher?«, fragte Burkhard.

»Bevor ich Euch das erkläre, solltet Ihr Euch für Eure Speisen entscheiden, dann kann meine Frau etwas in der Küche zubereiten.«

»Was könnt Ihr uns denn empfehlen?«

»Heute habe ich Wild, ein Stück Wildschweinbraten wäre sehr zu empfehlen. Der ist bereits fertig, meine Frau muss nur die Zutaten zubereiten.«

»Ihr habt Wildschweinbraten? Besitzt Ihr das Jagdrecht?«

»Nein, aber ein Waidmann, der das Recht des Jagens besitzt, hat mir das Fleisch einer von ihm erlegten Wildsau verkauft.«

»Das möchten wir beide essen. Und dazu möchten wir Wein trinken, Rotwein, wenn es beliebt.«

Der Wirt nahm die Bestellung auf, ging in die Küche und kam mit zwei großen Bechern Rotwein zurück.

»So, zum Wohl, die Herren. Das Essen wird Euch zubereitet.

Jetzt zurück zu meiner Geschichte. Der Landgraf Heinrich III. von Hessen hat vor mehr als dreißig Jahren die Grafschaft hier geerbt und streitet sich jetzt mit den Fürsten von Nassau-Dillenburg um die Rechtmäßigkeit des Erbes. Das führt dann dazu, dass Soldaten der Nassau-Dillenburger hier für Unruhe sorgen, die plündern, zünden Häuser an und überfallen Reisende. Und genau das nutzen gesetzlose Gesellen aus und rauben und plündern auf eigene Rechnung. Es ist also gefährlich, durch unsere Wälder zu gehen. Das ist auch der Grund, warum reisende Händler und Geschäftsleute unsere Gegend meiden, wenn es möglich ist.«

»Meint Ihr, Herr Wirt, auch wir müssen mit Räubern und Dieben auf unserem Wege rechnen?«, fragte Ulrich.

»Welchen Weg wollt Ihr denn beschreiten?«

»Von hier aus wollen wir nach Rüdesheim und wir haben den Weg über Welterod und Stephanshausen gewählt.«

Der Wirt schüttelte seinen Kopf und meinte:

»Das ist ein höchst gefährlicher Weg, den rate ich Euch auf keinen Fall. Ich empfehle Euch einen anderen Weg. Gehet morgen früh in Richtung Lautert, von dort aus nach Rettershain und dann nach Sauerthal. Dort folget Ihr dem Weg in Richtung Lorch, aber bevor Ihr dann Lorch erreicht, solltet Ihr in Richtung Stephanshausen abbiegen. Von dort ist es nicht so weit bis zu Eurem Ziel, Rüdesheim.«

Ulrich hatte sich wieder die Ratschläge des Wirtes notiert. In diesem Augenblick öffnete sich die Küchentür und die Frau des Wirtes kam heraus, deckte den Tisch und servierte eine große flache Schüssel mit mehreren Stücken Braten vom Wildschwein und Schüsseln mit Gemüse und Kraut und einem großen Laib Brot.

Die beiden Freunde langten kräftig zu und ließen sich das Mahl schmecken. Nachdem sie noch jeder zwei weitere Becher des roten Weines verzehrt hatten, beschlossen sie ins Bett zu gehen.

Am nächsten Morgen präsentierte der Wirt den beiden die Rechnung. Sie zogen ihre Geldbeutel hervor und zählten die Geldstücke ab. Dabei fiel Ulrich auf, dass der Wirt ihre Geldbeutel auffällig musterte. Das kam ihm komisch vor.

»Was ich Euch noch rate«, der Wirt ergriff das Wort, »Ihr solltet Eure Geldbeutel nicht an Eurem Wams oder am Gürtel und auch nicht in Euren Umhängebeuteln transportieren. Solltet Ihr auf Räuber stoßen, sind das die Stellen, an denen das Lumpenpack Euch sofort durchsuchen wird.«

»Was ratet Ihr uns?«, wollte Burkhard wissen.

»Ich verrate Euch etwas. Wenn Ihr Eure Hosenbeine unten, nach innen umschlagt, könnt Ihr den Geldbeutel innen in diesem Umschlag am Bein transportieren. Dort wird ihn kein Mensch vermuten.«

Die beiden folgten der Empfehlung des Wirtes, versteckten ihre Geldbeutel im Inneren ihrer Hosenumschläge, griffen zu ihren Umhängebeuteln und wanderten in Richtung Lautert hinaus.

Kurz nachdem sie Nastätten verlassen hatten, erreichten sie einen Wald. Bevor sie darin verschwanden, zog Ulrich seinen Freund hinter ein Gebüsch.

»Achtung, lieber Freund, wir sollten sehr vorsichtig sein. Ich misstraue dem Wirt. Das fing an mit dem Wildschwein. Das hat der nie und nimmer von einem Waidmann bekommen. Ich bin sicher, der hat gewildert. Dann hat er uns eine andere Wegstrecke empfohlen. Ich fürchte, auf diesem Wege werden wir bereits erwartet. Und die Räuber, die uns vermutlich erwarten, wissen jetzt auch, wo wir unsere Geldbeutel versteckt haben. Vielleicht sehe ich ja Gespenster, aber ich fürchte, wir werden bald einer Räuberschar begegnen.«

»Ich glaube, du hast recht mit deinen Bedenken. Hast du eine Idee? Was sollen wir tun?«

»Als wir gerade den Ort Nastätten verließen, sah ich dort einen kleinen Teich, der mit viel Schilf bewachsen war. Sollten wir uns nicht mit Wanderstöcken ausrüsten? Es wird uns den Weg erleichtern.«

Burkhard hatte die Idee seines Freundes sofort verstanden und lachte laut.

»Lasst uns sofort zurückgehen und uns Wanderstöcke schneiden.«

Eine halbe Stunde später hatten sich die Freunde präpariert und machten sich erneut auf den Weg in Richtung Lautert. Sie durchquerten den Wald und als sie in der Mitte des Waldes angekommen waren, sprangen drei Männer aus Gebüschen hervor. Der eine hatte eine lange Lanze und die beiden anderen Schwerter in ihren Händen.

»Bleibet stehen, Ihr zwei!«, schrie der Anführer.

»Was wollt Ihr von uns? Wir haben weder Geld noch Gold«, entgegnete Burkhard.

»Das wissen wir besser, wir wissen sogar, wo Ihr Euer Geld versteckt habt. Legt Eure Umhängetaschen ab!«, forderte der Anführer erneut.

Ulrich und Burkhard beugten sich der Gewalt und legten ihre Beutel auf den Waldweg.

Die zwei anderen Räuber bemächtigten sich sofort der Beutel und durchsuchten sie.

Der Anführer forderte die beiden Freunde auf:

»Legt Euch auf den Rücken.«

Sie taten, wie ihnen geheißen. Als sie rückwärts auf dem Boden lagen, sprang der Anführer auf sie zu und betastete ihre Beine, ohne das Vermutete zu finden.

»Wo habt Ihr die Geldbeutel versteckt, Ihr Hunde?«

»Hat Euch der Gastwirt aus dem ‚Wilden Eber‘ einen falschen Rat gegeben? Wir haben gar kein Geld.«

»Der Wirt hat uns aber das Versteck mit den Hosenbeinen verraten. Wo ist das Geld?«, rief der Anführer, der erneut die Hosenbeine der Freunde untersuchte. Dazu musste er allerdings seine Lanze zur Seite legen. Außerdem wusste er nicht, dass Ulrich und Burkhard viele Kampftechniken erlernt und erprobt hatten.

Burkhard sprang blitzschnell auf, ergriff die Lanze des Anführers, trat ihm in die Seite, sodass er auf den Rücken rollte und setzte ihm die Lanzenspitze auf die Brust.

»Rühre er sich keinen Deut, sonst steche ich ihm die Lanze in die Brust.«

Ulrich hatte sich ebenfalls schnell erhoben und schlug mit seinem Schilfrohrstock auf einen, der am Boden hockenden Räuber ein. Der sackte augenblicklich ohnmächtig zu Boden. Ulrich nahm eines der Schwerter auf und hielt damit den zweiten Räuber in Schach und forderte den auf:

»Löse sofort den Strick, mit dem Du Deine Hose hältst.«

Der Räuber löste den Strick und stand plötzlich ohne Hose da. Er fesselte mit dem Strick, wie Ulrich es von ihm verlangte, die Arme des noch ohnmächtigen anderen Räubers auf dem Rücken. Dann musste er auch den Strick der Hose des Ohnmächtigen dazu benutzen, den Anführer zu fesseln.

Als dieser gefesselt war, nahm ihm Burkhard ebenfalls den Hosenstrick ab und fesselte damit den letzten Räuber.

»Ulrich, hilf mir, wir müssen die Fesseln der Räuberbande noch einmal überprüfen.«

Alle Fesseln wurden geprüft und vereinzelt fester gezogen. Dann fragte Ulrich:

»Was machen wir jetzt mit den Dreien?«

»Erinnere dich, der Herold erzählte uns, als er uns die Wegstrecke beschrieb, von einem Kloster. Dem Benediktinerkloster Schönau in Strüth. Er bemerkte, dass es dort einen strengen Abt gäbe. Auf dem Wege, am Waldrand, sah ich einen Wegweiser mit ebendieser Inschrift. Benediktinerkloster Schönau. Und das war nur einen Fußmarsch von einer Stunde entfernt. Da bringen wir die drei hin. Was hältst du davon?«

Die beiden Freunde entdeckten, dass die Stricke der Fesseln lang genug waren, um sie noch miteinander zu verbinden. Jetzt konnte keiner der drei mehr entkommen.

Genau eine Stunde später erreichten sie mit ihren Gefangenen das Kloster Schönau. Sie ließen sich vor den Abt bringen und übergaben ihm die gefangenen Räuber. Der Abt versicherte, dass die Verbrecher in Kürze vor ein Gericht gestellt und hart bestraft würden.

»Ich habe Eure Geschichte jetzt vernommen«, versicherte der Abt, »aber was war denn mit Eurem Geld. Es befand sich nicht am Wams, nicht am Gürtel, die Räuber konnten es nicht in Euren Umhängebeuteln finden und in den Umschlägen Eurer Hosen war es offensichtlich auch nicht. Wo hattet Ihr denn die Geldbeutel versteckt? Wollt Ihr es mir verraten?«

»Euch werden wir es verraten«, Burkhard war es, der die Antwort übernahm, »ich denke nicht, dass Ihr danach Euer Wissen nutzt, um uns unser Geld zu stehlen.«

Selbst der Abt musste über die kecke Antwort des Burkhard lachen.

»Nein, wirklich nicht. Da könnt Ihr ganz sicher sein. Also, was habt Ihr mit dem Geld gemacht?«

»Wir sind zum Teich mit dem Schilfrohr gegangen und haben uns besonders dicke Stangen ausgewählt und abgeschnitten. Diese dienten uns nicht nur als Wanderstöcke. Wir haben das Schilfrohr ausgehöhlt, die Münzen in die Röhre gefüllt und die Öffnungen wieder verschlossen.«

»Das hatte den Vorteil, dass unsere Stöcke auch ein besonderes Gewicht bekamen und ich den einen der Räuber damit in die Ohnmacht schlagen konnte«, ergänzte Ulrich seinen Freund.

»Jetzt verstehe ich, das war ja ein genialer Einfall.«

Und selbst der so gestrenge Abt, musste herzlich lachen, als er das hörte.

Der Rest der Reise nach Rüdesheim verlief ohne Schwierigkeiten und schon am selben Abend versanken sie in ihren Betten im Brömserhof.

Benedikt von Hauenfels

Ulrich rieb sich den Schlaf aus den Augen. Die Sonnenstrahlen schienen durch das Fenster seiner Kammer, doch er hatte noch keine Lust aufzustehen. Er dachte darüber nach, ob er heute Morgen Dienstpflichten hatte, aber es fiel ihm nichts Wichtiges ein. Er beschloss noch etwas im Bett zu bleiben, aber bereits wenige Minuten später erhob er sich, streifte das Nachtgewand vom Körper und ging zu der großen Schüssel, die auf einer Kommode an der Seite seiner Kammer stand. Aus einem großen Krug füllte er die Schüssel mit eiskaltem Wasser und wusch sich damit mit großer Gründlichkeit. Das kalte Wasser hatte die Müdigkeit endgültig aus seinem Körper vertrieben. Mit einem Tuch trocknete er sich ab und stellte sich, nackt wie er war, an das Fenster seiner Kammer. Von dort aus konnte er den gesamten Hof einsehen, dieser war aber menschenleer.

Wie an jedem Morgen dachte er auch jetzt wieder an seinen Vater. Er hatte schon sehr lange Zeit nichts von ihm gehört. Ulrich drehte sich zu seinem Bett über dem ein Kruzifix hing. Er schlug ein Kreuzzeichen und betete für seinen Vater.

Er zog seine Kleidung an und ging hinunter in die große Küche und freute sich auf sein Frühstück.

Er holte sich eine Schüssel mit Suppe und dazu ein großes Stück Brot und einen Krug, der mit Milch gefüllt war. Er versuchte herauszufinden, wonach die Suppe schmeckte.

Das könnte ein Huhn gewesen sein, dachte er, doch er war sich nicht sicher, aber der Koch hatte nicht mit Salz und Pfeffer gespart, sodass die Suppe ihm ausgezeichnet mundete. Da er danach noch Hunger verspürte, bat er den Koch außerdem um einen Brei, den er dann zum Abschluss verspeiste.

Während des Essens beschloss er, noch ein paar Schritte an den Rhein hinunterzugehen.

Ulrich verließ den Brömserhof und spazierte durch die Straßen. Kurz bevor er den Marktplatz erreichte, hörte er plötzlich eine Stimme rufen.

»Ulrich!«

Es war eine Männerstimme. Er drehte sich um und versuchte den Rufer zu entdecken, aber er konnte niemanden sehen. Ulrich glaubte, sich verhört zu haben, doch dann hörte er wieder seinen Namen rufen.

»Ulrich!«

Er glaubte die Stimme hinter einer Toreinfahrt gehört zu haben und ging seiner Vermutung nach. Plötzlich stand ein hochgewachsener Zisterziensermönch vor ihm. Ulrich erschrak zunächst und versuchte, den Mann zu erkennen, doch es gelang ihm nicht.

»Erkennst du mich nicht? Ich bin es, dein Vater.«

Es war der Bart, den der Mönch trug, der sein Gesicht ihm fremd erscheinen ließ.

»Vater, Ihr seid es wirklich!«, schrie Ulrich förmlich aus sich heraus.

»Nicht so laut, mein Sohn«, beschwichtigte Albert von Olmen seinen Sohn, »es darf niemand erfahren, wer ich bin.«

Albert von Olmen schloss seinen Sohn in die Arme und presste ihn an sich und küsste seine Wangen.

»Wie lange ist es her, dass ich Euch mein Vater nicht zu Gesicht bekam?«

»Ja, das ist wahr, es ist viel zu lange her. Sehr viel Zeit ist vergangen, dass ich dem Kerker entkommen konnte und noch viel länger, dass mich der Inquisitor in den Kerker warf. Wäre da nicht ein guter Freund gewesen, ich säße noch heute im Kerker in Mainz. Ich danke Gott, dass dieser Freund Mittel und Wege fand, mich zu befreien.«

»Vater, lass uns aus der Stadt hinausgehen, an den Rhein. Dorthin, wo uns niemand hören kann, während wir uns alles erzählen.«

»Das ist ein guter Vorschlag von dir, doch halt noch eines, rede mich bitte nicht mit Vater an. Ich trage jetzt den Namen Benedikt von Hauenfels. Unter diesem Namen kennt mich niemand.«

Vater und Sohn gingen hinunter zum Fluss. Am Rheintor, neben dem Pulverturm gelegen, verließen sie die Stadt, liefen ein kurzes Stück und setzen sich auf einen Felsen am Ufer des Rheins.

Nachdem sie sich vergewissert hatten, dass kein Mensch in ihrer Nähe weilte, ergriff Ulrichs Vater das Wort.

»Es ist jetzt fast vier Monate her, dass ich dem Kerker entkam. Dieser Freund, von dem ich schon sprach, hat einem Wächter im Kerker Geld zukommen lassen, damit er mich für ein paar Stunden aus dem Kerker gehen ließ. Vorher hatte der Freund über seine Kontakte, mit dem Abt vom Kloster Eberbach gesprochen und ihm von einem Zisterzienser, namens Benedikt von Hauenfels gesprochen. Er erzählte dem Abt von der Abtei Kreuzstein in der Nähe von Heidelberg. Das Zisterzienserkloster wurde häufig von Söldnerbanden überfallen und ausgeplündert und im Jahre 1509 brach die Pest aus und raffte mehr als 40 Klosterbrüder dahin. Der Abt von Kreuzstein schloss nach ein paar Jahren das Kloster und empfahl den Überlebenden, sich eine neue Abtei zu suchen. Und ich eignete mir mit der Hilfe dieses Freundes meinen neuen Namen an.

Mein Sohn, ich danke Gott, dass ich dich endlich wieder gefunden habe. Aber jetzt berichte mir bitte, wie es dir ergangen ist.«

»Vater, Ihr sprecht immer von einem guten Freund, der Euch half. Ich weiß, dass dieser Freund Walter von Glaubitz, also Euer Schwager und mein Onkel ist.«

»Lieber Ulrich, der Name meines Helfers darf nie und nimmer genannt werden. Also streiche Walter von Glaubitz als Helfer aus deinem Gedächtnis. Bitte mach das.«

»Ich verstehe Eure Besorgnis, Vater. Ich habe keinen Namen im Zusammenhang mit Eurer Flucht mehr in meinem Kopf, das verspreche ich Euch.«

»Lass uns ein anderes Thema besprechen.«, Vater wollte mehr von seinem Sohn Ulrich wissen, »wie ergeht es dir hier am Brömserhof?«

Und Ulrich berichtete seinem Vater von der Erziehung und den vielen Stunden, die Heinrich Brömser für seine Unterrichtung aufbrachte. Und er erzählte von den Kampftechniken, die er durch seinen Freund erlernte. Die Freundschaft seines Sohnes zu Burkhard erfreute den Vater sehr. Ulrich erzählte von seinen Erlebnissen auf der Reise nach Koblenz und auch von dem, was er hier im Ort Rüdesheim erlebt hatte, auch vom Gasthof ‚Zur Linde‘.

Benedikt von Hauenfels, so wie er sich jetzt nannte, erfuhr mit großer Freude, dass es seinem Sohn bisher wohlerging und er nahm ihn erneut in seine Arme.

»Lieber Sohn, ich muss dich bald wieder verlassen. Ich werde im Kloster Eberbach erwartet. Aber du weißt jetzt, wo ich bin und kannst mich auch gern dort im Kloster besuchen kommen. Bitte vergiss nicht, mich fortan mit meinem neuen Namen Benedikt von Hauenfels anzureden, auch, wenn du mich im Kloster besuchen kommst.«

Ulrich versprach es und nahm sich vor, seinen Vater, so oft als möglich im Kloster Eberbach zu besuchen. Als sein Vater ging, blickte er ihm noch lange nach und als er aus seinem Blick entschwand, wollte Ulrich zurück zum Brömserhof und lief auf das Rheintor zu.

Unmittelbar vor dem Tor begegnete ihm ein junger Mann, der von einem Knaben begleitet wurde. Als die beiden an ihm vorbeigegangen waren, wandte sich Ulrich zu ihnen um und sah, dass die beiden, ohne miteinander zu reden, ihres Weges gingen.

Johanna

Heinrich Brömser von Rüdesheim hatte die beiden Freunde zu sich bestellt. Sie saßen im großen Saal des Brömserhofes und berichteten von Ihren Erlebnissen. Speziell der Überfall und die Art und Weise, wie die beiden die Räuber überwältigten hatten, sorgten für große Freude und zum Teil auch für Gelächter, als er erfuhr, wie die beiden ihr Geld versteckt hatten.

»Ich glaube, dass Eure Erfahrungen mit dem Ritterturnier und natürlich auch Euer Sieg über die Räuberbande, Euch stärker für das Leben gemacht haben. Das war auch meine Absicht, als ich Euch mit zu dem Turnier des Richard von Greiffenklau zu Vollrads gehen ließ. Gut, dann widmet Euch jetzt wieder Eurer Ausbildung und Euren Aufgaben.«

Sie verabschiedeten sich und die Freunde beschlossen, am Abend wieder den Gasthof ‚Zur Linde' aufzusuchen.

Als sie den Gasthof betraten, entdeckte Ulrich sofort Elisabeth, die an einer Ecke mit einem Gast an einem Tisch in einem Gespräch vertieft war.

Als Trautchen an den Tisch von Ulrich und Burkhard kam, bestellten beide einen Becher Wein und wählten die angebotene Suppe.

Ulrich konnte beobachten, dass Elisabeth sich von ihrem Tisch erhob und zu ihnen herüberkam. Sie wirkte etwas nervös, versuchte aber trotzdem zu lächeln.

»Ulrich, du erinnerst dich, dass ich dir von meiner Freundin Johanna erzählte, in deren Haus ich immer noch lebe.«

Ulrich nickte.

»Ja, was ist mit ihr?«

»Sie ist immer noch verschwunden. Ich weiß nicht, wo sie ist und ich weiß auch nicht, was ich unternehmen soll. Kannst du mir einen Rat geben? Das muss nicht sofort sein, vielleicht Morgen oder an einem anderen Tag?«

»Ja, das will ich, ich verspreche es dir.«

Als Elisabeth gegangen war, fragte Burkhard:

»Das war also deine erste Liebe. Eine hübsche Frau. Was ist passiert, mit der Freundin von Elisabeth? Was weißt du darüber?«

»Ich erzählte dir, damals, als ich dir das Haus zeigte, in dem Elisabeth lebt, von der Freundin, die den Namen Johanna trägt. Elisabeth lebte zusammen mit Johanna, die auch eine Dirne ist. Ihr gehört sogar das Haus, in dem ich mit Elisabeth zusammen war. Diese Johanna ist seit einiger Zeit verschwunden und Elisabeth sucht meinen Rat in dieser Angelegenheit.«

»Etwas ist seltsam. Johanna ist verschwunden, du und ich, wir hörten hier im Gasthof von einem Jungen, der verschwand und auch im Brömserhof erschien eine Frau, deren Sohn ebenfalls verschwunden ist. Gibt es da Zusammenhänge? Sind noch mehr Menschen verschwunden? Was mag dahinterstecken?«

»Darüber habe ich noch nicht nachgedacht. Aber wo du diese Frage stellst, das ist es wert, das zu ergründen. Wo sollten wir ansetzen?«

Nachdem sie ihre Suppe verzehrt hatten, rief Burkhard den Wirt zu sich.

»Vor einiger Zeit kam eine Frau zu Euch und fragte nach ihrem verschwundenen Sohn, habt Ihr in der Zwischenzeit etwas von dem Verbleib des Kindes erfahren können?«

»Nein, im Gegenteil. Mir sind drei weitere Fälle bekannt geworden. Immer waren es Jungen im Alter von sieben oder acht Jahren, die verschwunden sind. Ich habe auch nie gehört, dass Leichen von Kindern aufgetaucht wären. Also könnte es sein, dass die Kinder noch alle lebendig sind. Vielleicht wurden sie auch von Raubtieren gefressen. Ich weiß es nicht.«

»Gibt es denn hier bei uns Raubtiere?«, wollte Ulrich wissen.

»Ja, es gibt Wölfe, aber die Meinungen darüber gehen weit auseinander. Für viele sind die Wölfe Menschenfresser, aber wenn du einmal einen Waidmann fragst, wird er dir erzählen, dass das nur dumme Geschichten und Märchen sind. Wölfe gehen dem Menschen eher aus dem Wege.«

»Ich weiß allerdings, dass einst unser Landgraf, Wilhelm II. von Hessen, Wölfe fangen und diese zur Abschreckung an einem Galgen öffentlich aufhängen ließ.«

»So etwas hat es sicher gegeben. Ich stelle mir gerade vor, was ein lebendiger Wolf denken mag, wenn er einen erhängten Wolf am Galgen sieht.«

»Er wird es ignorieren, weil er es nicht versteht«, vermutete Ulrich.

»Also ich kann nicht glauben, dass die Verschwundenen von Wölfen gefressen wurden«, Burkhard klang sehr überzeugt mit seinen Worten.

»Herr Wirt, kann er uns sagen, wo genau die Wohnungen der verschwundenen Kinder sind?«

»Sie alle wohnen in Rüdesheim. In der Nähe der Ringmauer, die hinunter zum Pulverturm verläuft. Zumindest zwei wohnten dort. Der Dritte wohnte in der Nähe der Niederburg.«

»Der Junge, von dem ich weiß, dessen Mutter im Brömserhof nach ihm fragte, lebte unten am Rhein. Also wissen wir jetzt von vier verschwundenen Jungen. Was mag deren Verschwinden wohl begründen?«, Burkhard dachte laut nach.

Der Wirt meinte: »Die Leute im Orte reden schon darüber. Es gibt mehrere Geschichten.«

»Erzähle er uns, welche Geschichten es gibt«, forderte Ulrich den Wirt auf.

»Die Einen erzählen, dass ein Kinderfänger unterwegs ist und fordern alle Eltern auf, ihre Kinder nicht allein auf die Gassen zu lassen. Die anderen glauben an Raubtiere und sind sicher, dass die Kinder sich außerhalb der Ringmauer aufhielten und dort von Wölfen oder ähnlichem Getier verschlungen wurden. Dann habe ich auch Stimmen vernommen, die glauben daran, dass die Kinder von Hexen verzaubert wurden. Und Hexen, davon gibt es hier in Rüdesheim wahrscheinlich viele.«

»Herr Wirt, glaubt er wirklich an Hexen?«, fraget Burkhard ungläubig.

»So wie es den Teufel gibt, so gibt es auch sicher Hexen. Davon bin ich überzeugt, dass hat auch unser Pfarrer schon gesagt und der weiß auch, wer hier in Rüdesheim als Hexe gilt. So, jetzt muss ich aber zurück und mich um meine Gäste kümmern.«

Der Wirt ließ die beiden am Tisch allein zurück.

»Wollen wir unseren Pfarrer dazu einmal befragen?«

»Ulrich, das ist eine gute Idee. Morgen findet eine heilige Messe in der Kirche statt. Wir gehen hin und anschließend befragen wir ihn.«

Am nächsten Morgen riefen die Glocken die Gläubigen zur Messe. Die Kirche war ziemlich voll und Ulrich und Burkhard fanden gerade noch einen Platz. Der Pfarrer Johannes Bombach zelebrierte die Heilige Messe und zwei Jungen ministrierten. Wieder war es nicht leicht für Ulrich der Messe zu folgen, denn seine lateinischen Sprachkenntnisse hatten sich nur wenig verbessert.

Nach dem Segen am Ende verabschiedete der Pfarrer die Gläubigen am Tor und so dauerte es ein wenig, bis Ulrich und Burkhard an der Reihe waren. Die beiden hatten bis zum Schluss gewartet.

»Herr Pfarrer, wir möchten Euch wegen eines großen Problems sprechen. Hoffentlich hat er ein wenig Zeit für uns.«

»Ich glaube, ich weiß, wer Ihr seid. Ich habe Euch schon einige Male im Brömserhof gesehen, aber nicht so häufig in der Kirche. Aber kommt mit mir, wir können uns in der Sakristei bereden.«

Ulrich und Burkhard folgten ihm und nachdem sie die Sakristei erreicht und Platz genommen hatten, schaute Pfarrer Johannes Bombach den beiden in die Augen:

»Ich spüre förmlich, dass Euer Problem ein großes sein muss. Was ist Euer Begehr?«

»Wir haben von einigen Bürgern hier in Rüdesheim erfahren, dass Knaben im Alter von ungefähr sieben oder acht Jahren vermisst werden und die Mütter weinen um ihre Kinder. Habt Ihr von diesen Ereignissen bereits etwas vernommen?«

»Sehr wohl, mir sind fünf Fälle bekannt. Alle Mütter kamen zu mir und beklagten das Verschwinden ihrer Söhne. Es waren immer Söhne, die verschwanden. Es ist eine schlimme Strafe Gottes, wenn Kinder verschwinden.«

»Welche Sünden wurden denn hier bestraft? Wisst Ihr mehr darüber?«

»Ich kenne die Sünden nicht, die hier begangen und von Gott bestraft wurden. Aber das ist für mich die einzige Erklärung. Ich fürchte, die Mütter der Jungen sind vom Teufel besessen oder sind gar Hexen. Gott wird für die Sünden der Frauen sicher eine gerechte Strafe verhängen.«

»Sind denn immer Frauen die Sünderinnen oder sind auch manchmal Männer voll der Sünde?«, wollte Ulrich wissen.

»Es ist eher die Frau, die die Erbsünde in sich trägt. Frauen sind voller Unkeuschheit und verfügen über die Kraft der Hexerei. Nur jene, die ihr Leben aufrichtig verändert haben und sich der Sünde entgegenstellen, können gerettet werden. Männer schaffen es leichter der Sünde zu widerstehen. Wenn Ihr also nach Schuld fragt, suchet diese zuerst bei den Frauen.«

»Dann sind die Mütter der verschwundenen Jungen also alles Sünderinnen und Hexen?«, fragte Burkhard nach.

»Hexen müssen verbrannt werden. Die Menschen, die mit dem Tode bestraft werden, egal ob Frauen oder Männer, haben einen großen Vorteil. Sie treten früher als wir, die wir nicht in Sünde leben, vor unseren Schöpfer und können daher früher büßen und sich dadurch von der Sünde durch unseren Herrn befreien lassen. Die Strafe des Todes ist also ein Vorzug für sie. Sie sollten daher dankbar sein, zu sterben.«

»Was glaubt Ihr? Leben die verschwundenen Jungen noch oder sind sie bereits im Himmel?«

»Das weiß ich nicht, ob die Knaben bereits Gottes Herrlichkeit erleben. Soweit ich weiß, sind die, nach denen Ihr fragt, alle getauft. Sollten die Knaben tot sein, sind ihre Seelen im Paradies. Das würde mich sehr für diese freuen.«

Wo sind die Knaben?

Erneut trafen sich Ulrich und Burkhard mit Heinrich Brömser von Rüdesheim. Sie hatten ihn um ein Gespräch gebeten und erzählten ihm vom Verschwinden der Jungen und von dem, was sie vom Wirt des Gasthofs und vom Pfarrer Johannes Bombach dazu vernommen hatten.

Heinrich Brömser von Rüdesheim überlegte einen Augenblick. Augenscheinlich fiel es ihm nicht leicht, die richtigen Worte zu finden.

»Menschen sind Sünder, ohne Zweifel. Aber ich vertrete nicht die Meinung, dass wir alles, was geschieht, auf die Schuld von Hexen und vom Teufel zurückführen können. Der Herr hat uns Eigenständigkeit und Verantwortung für unser Handeln gegeben. Wenn wir sündigen, müssen wir dafür geradestehen. Nicht nur vor Gott, auch vor der weltlichen Gerichtsbarkeit. Wir unterliegen natürlich auch Verführungen. Ich bin aber der Meinung, dass wir nicht unser schuldhaftes Handeln dem Teufel oder Hexen zuschieben dürfen. Diese können uns zwar verführen, aber wir haben die Pflicht ihnen zu widerstehen.

Jetzt aber zu den verschwundenen Knaben. Ich habe davon gehört, hielt es bis jetzt aber nicht für ein wirkliches Problem. Ich wusste allerdings auch nicht, dass es fünf Kinder sind, die verschwanden. Wenn dem so ist, müssen wir es aufklären. Wir müssen herausfinden, was geschehen ist, wo sie sind und ob sie leben oder nicht. Sollte ein Mensch hinter dem Verschwinden stehen, sollte jemand sich der Kinder bemächtigt und fünf Mütter und auch Väter ins Unglück gebracht haben, werden wir ihn zur Rechenschaft ziehen. Wollt Ihr mir helfen, die offenen Fragen zu klären?«

»Einen der verschwundenen Jungen kenne ich«, Burkhard wirkte sehr nachdenklich, »er war neulich mit seiner Mutter hier im Brömserhof. Die Mutter half bei uns in der Küche aus und ich hatte Gelegenheit mich mit dem Jungen zu unterhalten. Wir würden Euch gern helfen, wir wissen nur noch nicht, was wir unternehmen könnten, um die Knaben zu finden. Wir werden darüber nachdenken.«

»Ich werde Euch weitere Helfer zur Seite stellen«, fuhr Heinrich Brömser fort, »ich erwarte Eure Vorschläge und dass Ihr mich davon in Kenntnis setzt, wenn es Neuigkeiten gibt.«

Die beiden verließen den Raum und traten hinaus auf den Hof. Plötzlich blieb Ulrich stehen.

»Gerade fällt mir etwas ein. Vor ein paar Tagen, ich hatte die Ringmauer am Rheintor passiert und befand mich außerhalb der Stadt, da sah ich einen jungen Mann, der von einem Knaben begleitet wurde. Die beiden gingen schweigend nebeneinander, aus Rüdesheim hinaus. Ich hegte keinerlei Misstrauen. Ich dachte nicht daran, dass ich zusah, wie einer der Knaben verschwand. Vielleicht irre ich mich auch, was meinst du?«

»Es ist möglich, dass du dich irrst, aber es ist auch möglich, dass du beobachtet hast, wie ein Knabe entführt wurde. Würdest du den jungen Mann wiedererkennen, wenn du ihn sehen würdest?«

»Ich bin mir nicht sicher. Ich versuche mich an sein Gesicht zu erinnern, aber mir fällt nichts dazu ein.«

»Ich schlage vor, wir gehen jetzt zu der Stelle, an der du die Begegnung hattest. Willst du mit mir dorthin gehen?«

Sofort machten sich beide auf den Weg und erreichten das Rheintor am Pulverturm. Sie passierten die Ringmauer und wanderten aus der Stadt hinaus. Nach kurzer Zeit erreichten sie die Weißburg und blieben stehen.

»Als wir beide vor einiger Zeit schon einmal hier standen, habe ich dir von dieser Burg erzählt. Erinnerst du dich?«

»Ja, du sagtest, die Burg wäre vor langer Zeit abgebrannt, aber in der Ruine hat sich jetzt ein Adliger eingerichtet, dessen Namen ich allerdings vergaß.«

»Sein Name ist Berthold von Breitenfels.«

»Lebt der dort allein in dem Gemäuer?«

»Überlege bitte, was du mich fragst. Berthold von Breitenfels ist ein Adliger. Man kann sich nicht denken, dass dieser in der Weißburg allein lebt. Der hat sicher Gesinde und Gehilfen, die ihm zu Diensten sind.«

Genau in diesem Augenblick hörten sie hinter der Mauer der Burg eine Stimme, die laut etwas rief. Es war eine tiefe männliche Stimme, deren Worte sie nicht verstanden.

»Du siehst, lieber Freund, hinter diesen Mauern befinden sich mehrere Personen, sonst hätte der Eine nicht rufen müssen.«

»Du hast recht«, pflichtete Ulrich seinem Freunde bei.

»Wir sollten vielleicht um diese Burg herumgehen und eine Stelle finden, an der wir das Tor besser einsehen können«, schlug Burkhard vor.

Sie fanden schließlich einen Baumstamm, auf den sie sich setzten. Vor ihnen war ein Gebüsch, sodass sie nicht sofort erkennbar waren, wenn jemand die Burg verlassen sollte.

Sie beschlossen, zu warten. Ulrich holte aus einem Beutel ein Stück Brot und teilte es mit seinem Freund.

Sie warteten geduldig, als sie nach langer Zeit hörten, wie sich ein Tor öffnete und wieder schloss. Sie waren erstaunt, denn das Tor, in ihrem Blickfeld hatte sich nicht geöffnet. Als sie sich vom Baumstamm erhoben und um die Ecke der Mauer blickten, entdeckten sie ein kleines Seitentor, das sie bisher nicht bemerkt hatten.

Aus diesem kam ein Mann heraus, der mit einer langen Rute in Richtung Ufer des Rheins ging. Der Mann hatte sie nicht entdeckt, stellte sich ans Ufer und begann zu angeln. Ulrich und Burkhard beschlossen, dem Angler noch eine Zeit zuzusehen.

Als sie sahen, dass der Mann offensichtlich einen Fisch gefangen hatte, den er vom Haken nahm und in eine mitgebrachte Tasche steckte. Als der Mann weiter angelte, beschlossen sie, zu ihm an den Rhein zu gehen.

Wie zufällig spazierten sie am Ufer des Rheins auf ihn zu, stellten sich zu ihm und grüßten ihn. Doch der Mann brummte nur etwas Unverständliches vor sich hin.

»Seid Ihr aus der Stadt Rüdesheim hierher zum Angeln gekommen?«

»Ich bin nicht befugt, mich mit Euch zu unterhalten. Gehet Eures Weges«, sprach der Unbekannte mit rostiger Stimme.

»Seid Ihr etwa Berthold von Breitenfels, der Herr der Weißburg, selbst?«, fragte Ulrich.

»Nein, der bin ich natürlich nicht. Freiherr Berthold von Breitenfels ist mein Herr. Ich bin sein Stallmeister und hüte die Pferde. Mein Herr ist nicht in der Burg, heute ist feria quinta und wenn feria quinta ist, ist unser Herr nie in der Burg. Dann reist er immer nach Mainz und kommt immer an feria sexta zurück.«

»Dann müsst Ihr sicher viele Fische fangen, um alle Köpfe in der Burg zu ernähren. Wie viele Menschen leben denn in der Weißburg?«

»Glaubt Ihr wirklich, dass das Gesinde in der Weißburg zum Essen einen Fisch bekommt? Ihr seid einfältig. Die Fische sind nur für unseren Herren und seine geliebte Braut. Manchmal bekomme auch ich einen Fisch. Aber was fragt Ihr immer noch, ich sagte Euch doch, ich bin nicht befugt, mit Euch zu reden. Lasset mich in Frieden und gehet.«

»Eine Frage noch, habt Ihr auch Kinder in der Burg?«

Jetzt wurde der Mann wütend und schnaubte.

»Kein Wort werdet Ihr von mir mehr hören. Lasst mich in Frieden, verschwindet.«

Plötzlich rief Burkhard ganz laut:

»Sehet dort, ein großer Fisch!«, und zeigte mit seiner Hand in die Mitte des Rheins.

»Wo?«, fragte der angelnde Stallmeister.

»Er war dort, mitten im Fluss, der Fisch sprang sehr hoch und verschwand dann wieder in den Fluten.«

»Ich sah nichts dergleichen«, der Mann schüttelte den Kopf, »aber jetzt solltet Ihr gehen. Ich benötige Ruhe zum Angeln.«

Ulrich und Burkhard drehten sich um und verschwanden wieder, gingen an der Burg vorbei und erreichten den Pfad, der zurück in die Stadt Rüdesheim führte. Als sie das Rheintor durchschritten hatten und ihnen niemand zuhören konnte, grinste Burkhard seinen Freund an und fragte:

»Hast du meinen Trick bemerkt?«

»Welchen Trick? Wovon sprichst du?«

Burkhard sagte keinen Ton und zog stattdessen einen großen Schlüssel aus seinem Wams.

»Was ist das für ein Schlüssel? Wie bist du an den Schlüssel gekommen?«

»Das war mein Trick. Als ich laut rief: ‚Sehet den großen Fisch!‘, war der Herr Stallmeister abgelenkt und ich habe schnell den Schlüssel von seinem Gürtel abgezogen.«

»Da warst du unglaublich schnell, wieder einer deiner Taschenspielertricks. Das habe ich nicht bemerkt.«

»Noch wichtiger, der Stallmeister hat auch nichts bemerkt.«

»Was machen wir jetzt mit dem Schlüssel?«

»Du hast doch vernommen, an einem feria quinta ist der Berthold von Breitenfels nie auf der Weißburg. Er kommt immer erst an feria sexta wieder zurück.«

»Moment«, Ulrich kramte seine Lateinkenntnisse zusammen, »feria quinta, quinta, das heißt fünf, also ist feria quinta der Donnerstag und feria sexta ist Freitag.«

»Sehr gut, du machst Fortschritte im Lateinischen.«

»Dann könnten wir, wenn der Burgherr nicht in der Weißburg ist, mit dem von dir gestohlenen Schlüssel in die Burg gelangen. Ist das deine Absicht?«

»Sehr wohl, wir müssen uns genau überlegen, wie wir vorgehen, denn ungefährlich ist das nicht, was wir machen wollen.«

»Ich habe da bereits eine Idee.«

Feria quinta

Ulrich und Burkhard hatten Heinrich Brömser von Rüdesheim von ihrem Vorhaben in Kenntnis gesetzt und die von ihm vorgeschlagene Verstärkung ausgeschlagen. Wenn es zu einem Kampfe kommen sollte, wären sie gut genug ausgebildet und könnten einen Gegner auch ohne Waffen zu benutzen, ausschalten. So sehr waren sie von ihren Fähigkeiten überzeugt.

Schon sehr früh am Donnerstag, also feria quinta, waren sie aufgestanden und hatten sich zur Weißburg begeben. In der Nacht hatte es geschneit und es war kalt. Sie mussten auch nicht lange in der Kälte warten, bis Berthold von Breitenfels, auf einem braunen Wallach sitzend, die Burg verließ.

Die Tore wurden geschlossen. Die beiden Freunde warteten einen Augenblick und beobachteten dann, dass der Stallmeister ebenfalls die Burg verließ. Wieder benutzte er den kleinen Seiteneingang.

»Hat er sich wohl einen neuen Schlüssel gemacht, als er den Verlust des alten bemerkt hatte«, vermutete Ulrich.

»Er ist jetzt fort und wie ich sah, ging er in Richtung Rüdesheim. Wir warten noch einen Moment und wenn er in fünf Minuten nicht zurück ist, schließen wir das Seitentor auf und gehen hinein.«

Ulrich war mit dem Vorschlag einverstanden und dann war es so weit. Sie schlichen zum Seiteneingang und Burkhard schob den Schlüssel ins Schloss der kleinen

Eingangstür. Er versuchte, ihn zu drehen, doch der Schlüssel bewegte sich nicht.

»Ich fürchte, der Schlüssel geht nicht, vielleicht wurde das Schloss geändert«, vermutete Burkhard.

Ulrich lehnte sich gegen die Tür, die sofort aufsprang, denn sie war gar nicht verschlossen. Vorsichtig betraten die den Innenhof der Burg. In der Ecke sahen sie ein äußerst verfallenes Wohnhaus und auf der anderen Seite stand ein Schuppen, in dem auch ein paar Pferde untergebracht waren. Der Innenhof war nicht gepflastert und bestand nur aus Erdreich, welches aber durch den Regen aufgeweicht war.

»Jetzt weiß ich auch, warum der Stallmeister schmutzige Stiefel trug«, flüsterte Ulrich leise. Sie versuchten in der Burg etwas zu hören, aber außer einem leisen Schnauben von Pferdenüstern, war da nichts.

»Wollen wir hineingehen?«, fragte Ulrich.

Burkhard stimmte zu und öffnete die Eingangstür zum Haus. Es roch unangenehm moderig, als sie in einen kleinen Vorraum traten, von dem eine Tür zur Küche abzweigte. Eine Wendeltreppe führte in die oberen Räume. Mutig öffnete Ulrich die Küchentür und erschrak, denn an der offenen Kochstelle stand eine runde, mollige Frau, die sich offensichtlich ebenfalls erschrak.

»Was wollt Ihr hier?«, fragte sie ängstlich.

»Fürchtet Euch nicht, wir sind auf der Suche nach vier oder fünf Knaben. Könnt Ihr uns verraten, wo diese sich befinden?«

»Knaben? Hier bei uns? Nein, hier gibt es keine Knaben. Was sollen das für Knaben sein?«

»In Rüdesheim vermissen mehrere Mütter ihre Söhne. Alle sind zwischen sieben und 10 Jahre alt. Uns wurde erzählt, sie würden sich hier bei Euch auf der Weißburg befinden und dem Herrn Berthold von Breitenfels zu Diensten sein.«

»Das muss ein Irrtum von Euch sein, da hat man Euch eine Unwahrheit aufgetischt. Ich arbeite jetzt schon ein paar Jahre für unseren Herren Berthold von Breitenfels. In dieser Zeit sind hier noch keine Kinder und schon gar keine Knaben aufgetaucht.«

»Wer lebt denn jetzt überhaupt hier auf der Weißburg?«, wollte Burkhard wissen.

»Das sind nicht so viele Menschen, die hier sind. Da sind zum einen Berthold von Breitenfels und seine Braut, da ist der Stallmeister Eberhard Wamsen und sonst sind da noch zwei Frauen, die für die Ordnung und Sauberkeit zuständig sind. Manchmal helfen die mir hier noch in der Küche. Die Küche ist mein Reich, ich heiße Anna Kauter.«

»Und wie heißt die Braut des Herrn Berthold von Breitenfels?«, fragte Burkhard nach.

»Das weiß ich nicht, das weiß hier niemand. Berthold von Breitenfels macht ein großes Geheimnis daraus. Wir bekommen sie auch selten zu Gesicht. Der Zutritt zu ihren Räumen ist uns auch verboten worden. Ihre Speisen servieren wir in den Räumen von Berthold von Breitenfels und er bringt es ihr dann persönlich. Damit will er ihr wohl seine Liebe beweisen. Wenn Berthold von Breitenfels nicht in der Weißburg ist, serviert der Stallmeister ihr dann Speis und Trank.«

»Können wir zu ihr gehen? Wo wohnt sie genau?«

»In jedem Fall müsst Ihr durch das Gemach des Berthold von Breitenfels. Vom dort führt wieder eine Wendeltreppe bis unter das Dach. Aber die Tür dort oben ist verschlossen.

Ich würde mich freuen, wenn Ihr Euch um die Frau kümmert. Als ich sie zuletzt sah, machte sie einen leidenden Eindruck. Ich könnte mir vorstellen, dass es ihr nicht gut geht, vielleicht ist sie krank. Wer weiß?«

»Gut, wir werden sie besuchen«, antwortete Burkhard, »vielleicht können wir ihr zu Hilfe kommen. Ich habe eine Bitte, falls der Stallmeister zurückkehrt, wenn wir die Frau besuchen, erzählt ihm nichts von uns.«

»Das verspreche ich Euch. Der Stallmeister kann sehr unangenehm werden, wenn er wütend wird. Er hat mich schon häufig geschlagen.«

»Wir schauen jetzt nach der Frau«, Ulrich ergriff die Initiative und ging voraus. Burkhard folgte ihm sofort. Sie erklommen die Wendeltreppe und standen vor der Tür, die in das Schlafzimmer von Berthold von Breitenfels führte. Die Tür war nicht verschlossen. Im Raum war ein junges Mädchen dabei, das große Bett herzurichten. Sie erschrak sehr, als die beiden Männer das Gemach betraten.

»Wer seid Ihr?«, fragte sie ängstlich.

»Wir wurden gebeten, uns um die erkrankte Braut des Berthold von Breitenfels zu kümmern«, Burkhard reagierte schnell und das Stubenmädchen fragte zurück:

»Sie ist erkrankt? Das wusste ich nicht.«

»Wir wollen jetzt zu ihr hinauf, habt Ihr einen Schlüssel zu ihrer Kammer?«, fraget Ulrich zurück.

Die junge Frau schüttelte den Kopf.

»Nein, einen Schlüssel besitze ich nicht. Schlüssel besitzen nur unser Herr und der Stallmeister. Der ist derjenige, der die Braut versorgen muss, wenn unser Herr außer Haus ist. Ihr müsstet versuchen, die Tür anderweitig zu öffnen.«

Ulrich und Burkhard stiegen die zweite Wendeltreppe hinauf und standen jetzt vor der Tür der Braut. Ulrich probierte die Türe zu öffnen, aber sie war verschlossen.

»Ich habe eine Idee«, Burkhard zog den Schlüssel hervor, den er dem Stallmeister entwendet hatte, steckte ihn ins Schloss und tatsächlich, er konnte den Schlüssel drehen, das Schloss öffnen und die Tür schwang mit lautem Quietschen auf.

Als sie den Raum betraten, sahen sie eine junge Frau, die mit ihren Händen am Bettpfosten gefesselt war. Die Frau schaute verängstigt den beiden Freunden entgegen. Tiefe Ringe waren unter ihren Augen zu sehen und sie hatte augenscheinlich viel geweint.

»Bitte habet keine Angst«, Burkhard sprach die arme Frau an, »wir sind gekommen, Euch zu helfen.«

Ulrich hatte bereits begonnen, die Fesseln zu lösen. Die Unterarme der Frau waren von der Fesselung mit dem

Strick tief eingeschnitten. Sie rieb mit Ihren Händen die Handgelenke und war noch immer sehr verunsichert, weil sie nicht einschätzen konnte, was Ulrich und Burkhard mit ihr vorhatten.

»Offensichtlich geht es Euch nicht gut, was haltet Ihr davon, wenn Ihr einfach mit uns kommt. Hier auf der Weißburg geht es Euch nicht gut. Wollt Ihr mit uns kommen?«

»Gern«, die Stimme der Frau klang sehr gebrochen, »ich will hier weg, auf jeden Fall.«

Sie erhob sich vom Bett und konnte kaum richtig laufen. In der Ecke, auf einem Stuhl, lag ein großes Tuch, das sie sich um ihre Schultern schlang.

Die drei gingen die Wendeltreppe hinab, durchquerten das Gemach des Berthold von Breitenfels und gelangten schließlich wieder in die Küche.

Die Köchin Anna erschrak, als sie die Braut des Berthold von Breitenfels wahrnahm. Sie schlug ihre Hände vors Gesicht und konnte nur leise flüstern:

»Ihr tut mir so leid. Ich habe nicht gewusst, dass Ihr gelitten habt und auch nicht, wie sehr.«

Als die beiden mit der Frau das Wohnhaus in der Weißburg verlassen wollten, rief Ulrich plötzlich:

»Schau einmal, was dort an der Wand hängt«, und zeigte auf ein Wappen, welches offensichtlich dem Berthold von Breitenfels gehörte. Burkhard ging zurück in die Küche und fragte die Köchin. Die kam mit Burkhard zurück und bestätigte:

»Ja, dieses Wappen gehört unserem Herrn, es belegt seine adlige Herkunft.«

Das Wappen war nicht sehr groß. Ulrich nahm es von der Wand, als die Köchin wieder den Raum verlassen hatte und wollte es unter seinem Arm hinaustragen. Burkhard wies ihn auf eine Pergamentrolle hin, die auf einer Kommode an der Wand lag. Burkhard rollte das Pergament auf.

»Das ist eine Ahnenprobe«, erklärte er seinem Freund, »damit kann der Nachweis der adligen Abstammung erbracht werden. Schau her, Berthold von Breitenfels weist seine Herkunft über vier Generationen nach. Ich schlage vor, du nimmst das Wappenschild und ich nehme die Ahnenprobe mit.«

Ulrich und Burkhard verließen mit ihrem Schützling die Weißburg durch den Seiteneingang. Plötzlich vernahmen sie die tiefe Stimme des Stallmeisters, der laut vor sich hin fluchte. Sie versteckten sich in einem Gebüsch und bekamen dann den Stallmeister zu Gesicht, als dieser um die Mauer der Weißburg herumkam.

Der Stallmeister verschwand durch das Seitentor in der Burg und man konnte hören, wie er offensichtlich mit der Köchin stritt und sie beschimpfte.

Nach einem kurzen Fußmarsch erreichten Ulrich und Burkhard mit der Braut des Berthold von Breitenfels den Brömserhof. Sie sorgten dafür, dass die geschundene Frau gepflegt und betreut wurde.

Gespräch mit Heinrich Brömser

Ulrich und Burkhard warteten im großen Saal auf ihren Herrn. Als er hereinkam, war er sehr aufgeregt und bevor die beiden ihm von der befreiten Braut des Berthold von Breitenfels berichten konnten, machte er den beiden klar, dass er ihnen etwas Wichtiges mitzuteilen hätte.

»Was ich Euch zu berichten habe, ist schier unglaublich. Wie ich erfuhr, ist unser Erzbischof Uriel von Gemmingen verstorben. Ich erhielt diese Nachricht auch erst kürzlich. Das erfuhr ich allerdings erst, als er schon einige Tage verstorben war. Es ging alles schnell und war sehr plötzlich. Als ich von seinem Tod erfuhr, war er bereits im Dom zu Mainz bestattet worden. Normalerweise hätte ich der Beisetzung beigewohnt. Doch jetzt werden Dinge über den Erzbischof berichtet, die mich in großes Erstaunen versetzt haben. Nein, ich bin nicht nur erstaunt, ich bin entsetzt.

Hört an, was man sich über den Verstorbenen erzählt. Uriel von Gemmingen weilte in Aschaffenburg. Dort muss etwas geschehen sein, denn er eilte völlig überraschend, begleitet von 150 Reitern zurück nach Mainz. Dort sei er dann in einen kleinen Nachen gestiegen und ruderte ganz allein im dichten Nebel auf dem Rhein und zog sich in die Martinsburg zurück. In der Burg sei er erkrankt und wenige Tage später verstorben.

Das ist die offizielle Berichterstattung des Erzbistums. Jetzt mehren sich die Stimmen und schildern einen anderen Sachverhalt.

In Aschaffenburg sei Uriel von Gemmingen mit seinem Kellermeister in Streit geraten und habe diesen mit einem Bandmesser erschlagen. Der Kellermeister habe, so wird erzählt, Wein gestohlen. Uriel von Gemmingen muss sehr empört gewesen sein. Nach dieser Tat sei unser Erzbischof überhastet in Aschaffenburg aufgebrochen und habe sich dann in Mainz in die Martinsburg zurückgezogen. Dort sei er allerdings nicht erkrankt oder gar verstorben. Er habe einen Plan gefasst und umgesetzt. Der, der in der Gruft im Dom beigesetzt wurde, ist nicht der Erzbischof, sondern der erschlagene Kellermeister aus Aschaffenburg. Und aus Reue über seine Tat habe sich Uriel von Gemmingen mit einem Gefolge abgesetzt und sei nach Italien geflohen. Ich bin entsetzt. Der Teufel ist in unsere Kirche gefahren.«

»Haben nicht Männer der Kirche, egal ob Mönche, Priester oder auch Bischöfe, immer auch schon gegen Regeln ihres Ordens oder gar Gebote verstoßen?«, wollte Burkhard wissen.

»Ja, das haben sie. Es sind alles Menschen und daher sind sie auch voll der Sünde, ich habe aber das Gefühl, dass es mehr und mehr solcher Verfehlungen gibt. Leider werden diese nicht immer streng genug geahndet, auch wenn sie offensichtlich sind«, Heinrich Brömser von Rüdesheim schüttelte kummervoll sein Haupt. Er überlegte sehr lange und schaute dann zu Ulrich und Burkhard hinüber.

»Was habt Ihr mir zu berichten?«

»Wir haben eine junge Frau aus der Gewalt des Berthold von Breitenfels befreien können. Er hielt sie über längere Zeit auf der Weißburg gefangen und hat sie wohl geraubt, um seine Sinneslust an ihr zu befriedigen. Wir haben sie von Fesseln befreien müssen und sie hier her auf den Brömserhof verbracht. Sie wurde vom Gesinde gepflegt und sie wartet jetzt draußen, um mit Euch zu sprechen.«

»Wie heißt sie und woher kommt die Frau?«

»Es war noch keine Zeit, dass wir mit ihr reden konnten. Wir mussten uns mit ihrer Befreiung beeilen und als wir sie hierher gebracht hatten, ging es ihr nicht sonderlich gut und wir haben sie erst versorgen lassen.«

»Das werden wir jetzt nachholen. Lasset sie hereinbringen.«

Ulrich erhob sich, ging zu einer kleinen Nebentür und holte die junge Frau herein. Sie ging etwas langsam auf Heinrich Brömser von Rüdesheim zu und begrüßte ihn unterwürfig.

»Nehmet Platz, dort drüben. Ulrich und Burkhard haben mir kurz von Eurem Schicksal berichtet. Erzählt mir mehr von Euch. Wer seid ihr, nennt mir Euren Namen.«

»Ich heiße Johanna Leber. Ich komme …«

Sie konnte nicht weiterreden, weil Ulrich und Burkhard wie aus einem Munde riefen:

»Johanna?«

»Seid Ihr die Freundin von Elisabeth?«, fragte Ulrich noch einmal nach.

Johanna nickte.

»Ihr kennt die junge Frau?«, wollte Heinrich Brömser von Rüdesheim wissen.

»Nur ihren Namen«, erklärte Ulrich, »nicht mehr. Wir haben von einer Freundin ihren Namen erfahren.«

»Gut, weiter«, Heinrich Brömser von Rüdesheim wandte sich wieder Johanna zu, »redet bitte weiter. Wo kommt Ihr her?«

»Ich bin aus Rüdesheim. Genaugenommen, bin ich in Geisenheim geboren«, Johanna sprach langsam und zögerlich.

»Dort wuchs ich auf. Als ich zwölf Jahre alt war, starb meine Mutter, mein Vater war schön länger tot.

Nonnen vom Kloster Gottesthal nahmen mich auf. Das liegt bei Oestrich, am Pfingstbach im Gottesthal. Margarethe von Nassau war die Äbtissin des Klosters«, Johanna überlegte und fuhr dann fort, »wahrscheinlich hat sie nicht erfahren, dass mich die Nonnen den Mönchen von Kloster Johannisberg anboten. Diese kamen dann oft zur Befriedigung ihrer Leibeslust zu mir und ich musste ihnen zu Diensten sein.«

Johanna schluchzte tief und Tränen liefen über ihre Wangen.

»Einer der Mönche hatte wohl ein Einsehen. Er entführte mich aus dem Kloster und brachte mich, da war ich gerade vierzehn Jahre alt, zu einer Frau, die in Rüdesheim lebte. Die besaß ein kleines Haus, neben der Vorderburg. Sie nahm mich auf und versorgte mich so, als wäre ich ihr eigenes Kind. Es dauerte ungefähr ein Jahr, dann starb die Frau und ich erbte ihr Haus. Da ich mich mehr oder weniger ernähren musste, ging ich abends in den Gasthof ‚Zur Linde' und verdingte mich als Dirne.«

Wieder machts Johanna eine Pause.

»Eine Freundin, namens Elisabeth, sie ist auch eine Dirne, wohnte mit mir zusammen in dem Haus. Eines Nachts, ich war allein, drang plötzlich Berthold von Breitenfels mit zwei Männern in mein Haus. Sie verschleppten mich mit Gewalt in die Weißburg. Dort musste ich ihm fast täglich zur Verfügung stehen. Wenn er die Burg verließ, wurde ich von ihm ans Bett gefesselt und der Stallmeister bekam die Aufgabe mich mit Speis und Trank zu versorgen. Ich weiß nicht, wie lange ich dort auf der Weißenburg zugebracht habe.«

Wieder weinte Johanna, aber jetzt war es wohl eher die Erleichterung, die sich in ihr ausbreitete.

»Das nennt man Brautraub, wenn ein Mann eine Frau entführt, um sie zu ehelichen. In vorliegendem Fall ist das etwas anderes. Es ist sehr schwirig. Ich werde versuchen, Euch zu erklären, auf welchen Grundsätzen unser Recht ruht.

Die Tat des Berthold von Breitenfels bezeichnete man früher als ‚Raptus', das bedeute Frauenraub und Entführung, aber auch ein Verbrechen der geschlechtlichen Gewalttat. Heute wird das als Notzucht benannt. Für unfreie Menschen, die es hier im Rheingau nicht gibt, gelten andere Regeln. Das Rheingauer Weistum von 1324 sichert allen Menschen hier Privilegien zu, die sie alle zu Freien macht. Für Unfreie, die ein Verbrechen der Notzucht begehen, wird die Todesstrafe verhängt. Bei Freien, also für die Menschen hier, gilt, dass sie sich mit einer Geldbuße entsühnen können. Häufig werden Schuldige auch nur an den Pranger gestellt oder auch des Landes verwiesen.«

»Das ist doch eine schreiende Ungerechtigkeit. Dann kommt der Berthold von Breitenfels davon, wenn er ein paar Taler auf den Tisch legt.«

»So ist es mein Sohn«, Heinrich Brömser von Rüdesheim versuchte den erregten Ulrich zu besänftigen.

»Das ist unser geltendes Recht. Es geht noch weiter. Notzucht ist nur strafwürdig, wenn es sich um ein unbescholtenes Weib handelt. Bei fahrenden Weibern, öffentlichen Frauen, also Dirnen, wird manchmal so entschieden, dass an diesen keine Notzucht begangen werden kann. Diese Frauen werden als Freiwild betrachtet.

Ihr sehet, eine gleiche Tat wird nicht gleich beurteilt. Es kommt darauf an, welchen Stand der Täter hat. Es kommt auch darauf an, wer das Opfer ist und es kommt darauf an, an welchem Ort die Tat begangen wurde. Das alles kann zu unterschiedlichen Urteilen führen. Vor Gericht erfahrt Ihr nicht Recht, Ihr erfahrt ein Urteil. Nur Gott legt einen gleichen Maßstab an. Weltliche, aber auch kirchliche Richter verfahren anders. So ist es nun einmal.«

»Ich bin sehr traurig, wird denn dieser Berthold von Breitenfels etwa nicht zu einer verdienten Strafe verurteilt werden?«, Burkhard wirkte sehr empört.

»Ich muss die geltenden Rechte prüfen. Die Rechtslage hier im Rheingau ist anders, als in anderen Regionen. Außerdem gelten hier auch die Gesetze des Erzbistums Mainz. Diese sind wiederum anders als andere. Es muss eben geprüft werden, welches Gericht zuständig ist und welcher Tat der Berthold von Breitenfels beschuldigt werden kann. Ich werde mich darum kümmern. Ihr werdet es rechtzeitig erfahren.«

»Da ist noch etwas«, Ulrich holte die in der Weißburg entwendeten Teile, das Wappenschild und die Pergamentrolle mit der Ahnenprobe hervor und zeigte es Heinrich Brömser von Rüdesheim.

»Woher hast du das? Hast du es aus der Weißburg mitgebracht?«

»Ja«, gestand Ulrich, »es hing an der Wand und die Ahnenprobe lag auf einer Kommode.«

»Warum hast du es hierher mitgebracht?«

»Ich wollte es Euch zeigen, damit Ihr die Herkunft des Berthold von Breitenfels daraus erkennen könnt.«

»Nun gut, du kannst beides aufbewahren, wer weiß, wozu wir es eines Tages nutzen können. Ich selbst bin nicht in der Lage, daraus etwas abzuleiten, aber wir könnten einen Herold hierher bestellen. Ein Herold kann ein solches Wappen erkennen und deuten, das gehört zu seinen Fähigkeiten.«

»Wir haben doch einen Herold kennengelernt«, Burkhard erinnerte sich an das Turnier in Koblenz, »bei unserem Turnier lernten wir Hans Wigand kennen. Er ist Herold des Richard von Greiffenklau zu Vollrads.«

»Das ist ein guter Vorschlag, ich werde ihn zu uns einladen«.

Heinrich Brömser von Rüdesheim erhob sich und verließ den Raum.

Maria

Es hatte geregnet, den ganzen Morgen goss es in Strömen. Die Menschen hielten sich, wenn sie es sich leisten konnten, in ihren Häusern auf. Ulrich und Burkhard konnten es sich leisten, denn bei diesem Wetter verzichteten sie lieber auf das Training ihrer Kampftechniken im Freien.

Ulrich hatte sich in seine kleine Kammer im Brömserhof zurückgezogen und Burkhard wollte sich in den Stallungen um die Pferde kümmern.

Ich könnte mich in der lateinischen Sprache üben, dachte Ulrich und war auf der Suche nach der Bibel. Die hatte er sich aus der Bibliothek des Heinrich Brömser von Rüdesheim besorgt und hatte sie mit in seine Kammer genommen, um darin zu lesen. Auf diesem Wege glaubte er, die Sprache zu erlernen. Doch die Bibel war nicht auffindbar. Deshalb verließ er seine Kammer und wollte hinüber in die Küche gehen. Er erhoffte, dass er Maria finden würde, die zum Gesinde des Brömserhofes gehörte und auch mitunter seine Kammer aufräumte und ihn mit frischer Bettwäsche versorgte. Tatsächlich kam ihm Maria auf dem Gang entgegen.

»Guten Tag junger Herr, Ich habe Euch heute noch nicht gesehen. Wie ist Euer Befinden?«

»Danke der Nachfrage, mir geht es gut. Ich halte nach einer Bibel Ausschau, die ich erst kürzlich aus der Bibliothek mitnahm und in meine Kammer brachte. Ich kann sie nicht finden.«

»Diese Bibel wurde von Apollonia von Ingelheim verlangt. Ich musste sie deshalb aus Eurer Kammer holen und der Herrin bringen. Dort ist sie auch jetzt noch.«

»Nun, gut, das ist wohl nicht zu ändern, dann wird es wohl heute nichts werden mit dem Studium der lateinischen Sprache. Dann werde ich wieder zurück in meine Kammer gehen. Ich habe allerdings eine Bitte. Ich würde gern ein warmes Getränk zu mir nehmen. Kannst du mir einen Becher mit warmer Milch oder gar einen Becher mit einer heißen Brühe bringen?«

»Oh, ja, mit Freude. Ich gehe in die Küche und werde Euch von dem Verlangten in Eurer Kammer etwas servieren.«

Maria lächelte Ulrich an, wendete sich um und ging zurück in die Küche.

Ulrich stand an seinem Kammerfenster und blickte hinunter auf den Innenhof. Er betrachtete die vielen Regenpfützen, die sich dort gebildet hatten.

Als es an der Tür klopfte, rief er laut und vernehmlich: »Herein!«

Maria betrat die Kammer und trug auf einem Tablett zwei Becher herein.

»Ich habe Euch beides besorgt, einen Becher Milch und einen Becher mit köstlicher Brühe.«

Sie stellte das Tablett auf den Tisch.

»Komm einmal herüber ans Fenster, schau, wie der Regen in die Pfützen prasselt. Ein herrliches Schauspiel, wenn man es aus der trockenen Kammer betrachten kann.«

Maria stellte sich ans Fenster, schaute in den Hof und seufzte.

»Bei diesem Wetter müsste ich eigentlich hinaus in den Ort. Ich habe heute frei und wollte meine Mutter besuchen. Aber bei diesem Wetter macht das keine Freude.«

Beide standen am Fenster eng nebeneinander und Ulrich spürte ihren warmen Körper durch die Kleidung hindurch. Es war ein angenehmes Gefühl und er umfasste die Hüften von Maria. Diese drehte sich herum und als Ulrich das schöne Gesicht direkt vor seinen Augen hatte, konnte er nicht widerstehen und küsste Maria. Als er spürte, dass Maria keineswegs abgeneigt war und seinen Kuss erwiderte, war es um Ulrich geschehen.

Im Rausch der Sinne sanken beide zu Boden und konnten nicht voneinander lassen. Sie wälzten sich auf dem harten Holzfußboden, bis Ulrich aufstand, Maria mit sich riss und er mit ihr das Bett ansteuerte.

Maria trug eine langärmlige Cotte aus Baumwolle und darüber ein ärmelloses Überkleid. Ulrich versuchte ihr das Überkleid abzustreifen, was ihm auch mühelos gelang. Als er ihr die Cotte auszog, entdeckte er, dass Maria darunter völlig nackt war.

Sofort begann er, ihre Haut zu streicheln. Seine Hände gingen über ihren Rücken hinunter bis zum Po. Mit beiden Händen drückte er Maria an sich und versuchte gleichzeitig, sich seiner Kleidung zu entledigen. Das war nicht ganz so einfach, da er Maria keineswegs loslassen wollte. Er wünschte sich, dass Maria ihm beim Entkleiden helfen würde, doch sie blieb in dieser Hinsicht absolut passiv.

Endlich hatte er es geschafft, er war ebenfalls nackt und seine Sinne waren voll auf die pralle Weiblichkeit gerichtet. Sie hatte wunderschöne Brüste und er begann ihre Brustwarzen zu streicheln, was durch lustvolles Stöhnen von Maria begleitet wurde.

Maria lag unter ihm, hielt Ulrich fest umschlungen. Wieder stöhnte Maria voller Lust und sie begann mit ihren Hüften unter ihm zu kreisen, was seine Geilheit bis ins Unendliche steigerte.

Ulrich ließ seiner Lust freien Lauf und begrüßte seinen Erguss mit einem lauten Schrei.

Ulrich hatte nicht bemerkt, ob Maria ebenfalls einen Höhepunkt erlebte. Er ruhte auf ihr eine ganze Weile und spürte plötzlich, dass Maria sich unter ihm bewegte. Beide drehten sich um ihre eigene Achse, sodass sie auf Ulrich zu liegen kam. Diese begann sofort mit zunächst langsamen Bewegungen ihrer Beckenbodenmuskulatur. Das Abwechselnde an und wieder entspannen, verursachte unglaubliche Lust bei Ulrich und er wünschte sich, dass er in dieser Position für ewig bleiben könne.

»Jetzt benötige ich keine warmen Getränke mehr.«

»Die Milch und die Brühe sind bestimmt inzwischen auch eiskalt. Soll ich neue Getränke besorgen?«

»Bleib ja hier bei mir. Du wirst mein Bett vorläufig nicht verlassen.«

Nachdem sie einige Zeit im Bett lagen und die gegenseitigen Berührungen genossen, klopfte es plötzlich an der Tür.

»Herein!«

Burkhard betrat die Kammer und war keineswegs erstaunt, den Freund mit Maria im Bett zu sehen. Auch diese hatte keine Scheu und versuchte auch gar nicht erst, ihre Nacktheit zu verbergen.

»Ich wollte dich eigentlich abholen, lieber Freund. Heinrich Brömser hat uns empfohlen, hinüber zur Brömserburg zu gehen. Dort waren wir beide noch nicht. Wir möchten uns mit der Burg vertraut machen. Aber wenn du noch einige Zeit hierbleiben möchtest, ist das auch in Ordnung. Zur Brömserburg können wir auch noch am Nachmittag gehen.«

»Willst du wirklich bei diesem Mistwetter hinaus? Wenn es draußen regnet, ist es hier gemütlicher.«

»Regen? Wovon sprichst du? Der Regen hat vor mehr als zwei Stunden aufgehört. Es sieht so aus, als könnte sogar die Sonne herauskommen.«

»Gib mir bitte noch etwas Zeit«, bat Ulrich, »ich schlage vor, wir essen nachher gemeinsam zu Mittag und danach marschieren wir zur Brömserburg.«

Burkhard war einverstanden, verabschiedete sich und wünschte den beiden noch viel Spaß.

»Den werden wir haben«, rief Ulrich, doch Burkhard hatte die Kammer längst verlassen.

Heinrich Brömser erzählt

Heinrich Brömser von Rüdesheim hatte Ulrich und Burkhard zu sich bestellt.

»Lasst Euch berichten, was inzwischen geschehen ist. Wir haben ja seit geraumer Zeit einen neuen Erzbischof. Er heißt Albrecht von Brandenburg und war erst 23 Jahre alt, als er in dieses Amt gelangte.

Wieder geschah Unglaubliches. Albrecht von Brandenburg war bereits Erzbischof von Magdeburg und war auch schon Bistumsadministrator von Halberstadt. Trotzdem hat ihn das Domkapitel in Mainz zum Erzbischof gewählt.

Papst Leo X. erhob gegen die Bischofswahl wegen Ämteranhäufung seinen Einspruch. Es wurde nach langem Hin und Her ein Kompromiss gefunden. Für die jetzt durch den Papst gewährte Gunst musste eine beachtliche Dispenszahlung geleistet werden. Zusätzlich musste das Erzbistum eine Abgabe an den Papst entrichten. Diese Abgabe nennt man ‚Palliengeld'. Zusammen waren das 30.000 Gulden. Mainz hatte in sehr kurzer Zeit den dritten Erzbischof. Das Erzstift besaß nicht die finanziellen Mittel, um diese Abgaben zu leisten. Da Albrecht versprach, alle Kosten persönlich zu übernehmen, wurde er vom Domkapitel gewählt.

Albrecht von Brandenburg hatte selbst auch nicht die Mittel und lieh sich das benötigte Geld vom Bankhaus Fugger in Augsburg. Die Fugger zahlten die 30.000 Gulden direkt an den Papst. Wie sollte jetzt Bischof Albrecht das Geld aufbringen? Er hatte sich nämlich verpflichtet, die Summe in acht Jahren zurückzuzahlen.

Die Lösung schien ihm leicht gefallen zu sein, denn er traf mit dem Papst eine Vereinbarung. Er musste dem Papst statt 30.000 Gulden jetzt 60.000 Gulden zahlen. Dafür bekam er die Erlaubnis, das Geld über Ablassbriefe aufzubringen. Der Kaiser und der Papst stimmten dem Ablass zu und wer jetzt eine Sünde beging, konnte Geld zahlen und erhielt einen Brief, in dem er es schriftlich hatte, seine Sünde wurde ihm erlassen.

Für mich ist die Sache mit dem Ablasshandel Betrug. Durch den Ablass der Sünde mit Geld, ist den Gläubigen, die Vergebung suchen, der Weg zu wahrer Buße versperrt. Reue findet keine Beachtung mehr. Das ist nicht im Sinne unseres Herrn Jesus Christus.«

Der Unmut war Heinrich Brömser von Rüdesheim deutlich anzumerken. Eine geraume Zeit schwiegen alle drei und dachten nach.

»Ich bin sehr stolz, dass Ihr uns mit Euren Worten ins Vertrauen gezogen habt«, es war Ulrich, der als Erster das Wort ergriff. »Ich weiß, dass Eure Meinung, genau der Meinung meines Vaters entspricht.

Und mein Vater wurde wegen seiner Meinung als Ketzer verurteilt. Ihr könnt Euch völlig sicher sein, dass Eure Worte in unseren Herzen gut aufgehoben sind. Eure Worte werden diesen Raum nie verlassen.«

»Wäre ich nicht sicher gewesen, dass dem so ist, hätte ich Euch das auch nie erzählt. Ihr könnt daran erkennen, wie groß mein Vertrauen ist, das ich in Euch setze. Ich bin sehr froh, dass ich solche Männer in meinen Reihen habe, wie Ihr es seid. Ich betrachte Euch als wichtige Gesprächspartner für mich.«

Ohne das anzusprechen, hatte Ulrich bemerkt, dass sie von Heinrich Brömser von Rüdesheim nicht mehr mit dem ‚Du' angesprochen wurden.

»Ich wollte Euch noch berichten, dass in zwei Tagen, der Herold Hans Wigand hier erscheinen wird. Ich habe ihn gebeten, uns bei einem Problem zu helfen.«

Hans Wigand

Ulrich und Burkhard warteten ungeduldig vor dem Tor des Brömserhofes und waren erleichtert, als sie plötzlich den Herold Hans Wigand erkannten, der den Weg zum Brömserhof eingeschlagen hatte.

Dieser erkannte die jungen Männer auch sofort wieder und die Begrüßung fiel entsprechend freudig aus.

»Kommt herein«, Burkhard öffnete die Tür zum Gebäude des Brömserhofes und Ulrich ging voraus und zeigte dem Herold den Weg in den kleinen Saal, der für das Gespräch bestimmt war.

»Wir müssen nicht auf Heinrich Brömser von Rüdesheim warten. Er bat uns, schon mit der Beurteilung zu beginnen«, Ulrich klang sehr aufgeregt, »wir sollen ihm später berichten. Er bittet darum, dass Ihr anwesend seid.«

»Ich habe vernommen, dass ich hier ein Wappen und eine Adelsprobe begutachten soll. Offensichtlich zweifelt Ihr an der Abstammung eines Menschen. Ist das so?«

»Ja«, Burkhard übernahm die Erklärung, »es handelt sich um ein Schild mit dem Wappen des Berthold von Breitenfels und ein Pergament mit der Darstellung seiner Abstammung.«

»Berthold von Breitenfels?«, der Herold überlegte, »diesen Namen habe ich noch nie vernommen. Von Breitenfels? Seid Ihr sicher? Ich kenne bei Leipzig ein Schloss Breitenfeld, aber Breitenfels, der Name ist mir bisher noch nicht untergekommen.«

»Schaut her«, Ulrich hatte von einem Tisch, der in der Ecke stand, das Schild und die Rolle aus Pergament geholt. »Hier seht Ihr die Dokumente des Berthold von Breitenfels.«

Hans Wigand betrachtete mit großem Interesse zunächst das Pergament, legte es zur Seite und nahm das Wappenschild. Er drehte und wendete es, um das Wappen aus verschiedenen Blickwinkeln zu betrachten.

Dann schaute er die beiden Freunde an, er wirkte sehr ernst, als er sagte:

»Dieses Wappen ist eine sehr plumpe Fälschung. Ich habe sogar eine Ahnung, wo die Fälschung hergestellt wurde.«

»Woran habt Ihr die Fälschung erkannt?«, wollte Burkhard wissen.

»In der Wappenkunde, man nennt diese auch Heraldik, gibt es klare Grundsätze und Regeln, die von Wappenkünstlern für die Gestaltung von Wappen eingehalten werden müssen. Wappen, die sich nicht dem Kodex unterwerfen oder eklatant gegen die heraldischen Regeln verstoßen, gelten Wappenkundigen als ‚Wappenfälschung‘ und als ‚unheraldisch‘.

Schaut einmal her. Die Heraldik kommt grundsätzlich mit vier Farben aus. Das sind die Farben Rot, Blau, Schwarz und Grün. Diese Farben müssen in kräftigen, ungebrochenen Grundtönen dargestellt werden. Hinzu kommen zwei Metalle, nämlich Gold und Silber. Gold und Silber dürfen mit den Farben Gelb und Weiß dargestellt werden. Das sind die Vollfarben, wie man sie vor mehreren hunderten Jahren schon aus Naturmaterialien herstellen konnte.

Erster Fehler, in diesem Wappen gibt es unterschiedliche Blautöne, das darf nicht sein.

Zweiter Fehler, hier. Die wichtigste Farbregel besagt, dass eine Farbe immer an ein Metall grenzen muss und niemals an eine weitere Farbe – und umgekehrt darf ein Metall nie an ein Metall stoßen, sondern nur an eine Farbe. In diesem Wappen wurde mehrfach gegen diese Regel verstoßen. So weit, so einfach.

Drittens, diese kastenförmige plumpe Kartusche mit den charakteristischen ausladenden Ecken und zwei Handgriffen rechts und links kenne ich aus anderen Fälschungen.

Und Viertens, diese Straußenfedern der hier verwendeten Helmzier sind falsch dargestellt. Das ist insgesamt einfach nur schlechte Qualität.«

In diesem Augenblick betrat Heinrich Brömser von Rüdesheim den Raum und begrüßte den Herold.

»Habt Ihr bereits Erkenntnisse gewinnen können?«

»Sehr wohl, sehr viele sogar. Der feine Herr Berthold von Breitenfels benutzt ein Wappen, welches offensichtlich eine Fälschung ist«, berichtete Hans Wigand. »Ich werde mich gleich der Adelsprobe widmen. Habt bitte einen Augenblick Geduld.«

Der Herold betrachtete die auf dem Pergament dargestellte Abstammung und schüttelte den Kopf.

»Als ich den Namen Berthold von Breitenfels hörte, bekam ich die ersten Zweifel. Jetzt, nachdem ich Wappen und auch diesen Adelsnachweis angeschaut habe, finde ich meine Zweifel bestätigt.

Die hier dargestellten Abstammungen sind gefälscht. Die Namen der dargestellten Vorfahren existieren nicht, sind frei erfunden oder es wurden Ahnen aufgeführt, die zwar existierten, aber nicht in dieser Linie. Der Herr hat einfach eine Herkunftslinie mit falschen Vorfahren konstruiert. Einen Berthold von Breitenfels gibt es in Wahrheit nicht. Er ist keinesfalls von Adel und sein Wappen ist eine plumpe Fälschung und es ist auch noch schlecht gemacht.«

Hans Wigand berichtete dem Heinrich Brömser von Rüdesheim noch einmal die einzelnen Merkmale, die er am gefälschten Wappen entdeckte und fügte hinzu:

»Ich glaube auch zu wissen, woher diese Fälschungen stammen. Bei zwei anderen Wappen, die ich untersuchte und feststellte, dass sie nicht echt waren, konnte ich beweisen, dass sie im Kloster Johannisberg hergestellt wurden. Es kann gut sein, dass dort auch die Adelsprobe gefälscht wurde. Ihr sollt wissen, dass Kirchen und Klöster regelrechte Fälscherwerkstätten sind. Betrug und Fälschungen gelten offenbar als Kavaliersdelikte. Und für viel Geld werden dort alle denkbaren Urkunden und Dokumente nach Wunsch gefertigt.«

Die Verhandlung

»Nennt uns Euren Namen.«

»Berthold von Breitenfels, so ist mein Name.«

»Nennt uns auch den Namen Eures Vaters und den Eurer Mutter.«

»Bernhard von Breitenfels war mein Vater und meine Mutter war Anna von Staufen.«

»Dann könnt Ihr uns auch sicher noch den Namen der Eltern Eures Vaters benennen.«

»Mein Großvater hieß Karl von Breitenfels …«

Der Richter fiel ihm ins Wort:

»Halte er ein. In Eurer Adelsprobe wird sowohl Eure Mutter, als auch der Großvater mit anderem Namen erwähnt. Seid Ihr nicht in der Lage, den Namen Eurer Mutter und den Namen Eures Großvaters so zu benennen, wie er in Eurer Adelsprobe geschrieben steht?«

»Ich weiß nicht, was Ihr von mir wollt. Haltet das Verfahren gegen mich nicht mit solchen Geringfügigkeiten auf, ich habe Wichtigeres zu tun.«

»Ihr nennt das eine Geringfügigkeit? Euch wird vorgehalten, Eure Abstammung gefälscht zu haben. Ihr seid nicht adliger Herkunft. Eure Adelsprobe ist eine Fälschung, genau wie Euer Wappen.«

Der Mann, der sich Berthold von Breitenfels nannte, wurde zornig und schrie den Richter an:

»Ihr wisst wohl nicht, wen Ihr vor Euch habt. Mein Name ist Berthold von Breitenfels. Ich bin adliger Herkunft. Mein Vater war Bernhard von Breitenfels und dessen Vater hieß Walter von Breitenfels.«

»Schon wieder benennt Ihr Euren Großvater falsch. Ihr habt aber die Möglichkeit, Euren Adelsnachweis durch eine Aufschwörung zu bestätigen.«

»Aufschwörung? Was soll das sein?«

»Allein Euer Nichtwissen in dieser Frage, bestätigt mir, dass Eure Abstammung nicht adlig sein kann. Aber ich will es Euch erklären. Die Aufschwörung kann unterschiedlich stattfinden. Ihr müsstet unter anderem einen landtagsfähigen Rittersitz besitzen und mindestens 16 Vorfahren benennen. Nun ist Eure Weißburg in Rüdesheim kein landtagsfähiger Rittersitz. Ich könnte mir in Eurem Fall auch vorstellen, dass eine Aufschwörung so stattfindet, dass Ihr drei Adlige hier herbringt. Ihr und die drei Adligen müssen bei Gott, Jesus Christus und dem Heiligen Geiste schwören und damit bestätigen, dass Ihr von Adel seid.«

»Ich soll schwören? Das glaubt Ihr doch wohl nicht, dass ich auf Gott oder Jesus schwöre. Ich glaube nicht an die Existenz Gottes. Jesus Christus ist ein Verlierer, wenn es ihn denn gab. Er hat sich an ein Kreuz nageln lassen, der Schwächling starb dann dort, dass ich nicht lache.

Und der Heilige Geist? Wer oder was soll das sein? Totaler Quatsch. Lasst mich mit diesem Humbug in Ruhe. Ich bin adlig und jetzt ist Schluss. Ich werde diese unwürdige Stätte hier sofort verlassen. Gehet mir aus dem Weg.«

Er sprang auf und wollte den Gerichtssaal verlassen. Doch auf ein Zeichen des Richters wurde er von drei Büttteln in Gewahrsam genommen. Sie führten ihn ab.

»Ich werde dich nicht mehr mit Respekt behandeln. Du wirst in Kürze vor einem anderen Richter stehen«, rief der Richter ihm nach.

Ulrich und Burkhard hatten der Verhandlung beigewohnt. Sie kehrten in den Brömserhof zurück, wo sie auch gleich von Heinrich Brömser von Rüdesheim empfangen wurden. Sie berichteten ihm vom Ablauf der Verhandlung und fragten:

»Was geschieht jetzt? Wie geht es weiter? Welches Gericht ist jetzt zuständig?«

Heinrich Brömser lächelte und erklärte den beiden die rechtliche Seite der Situation.

»Ich weiß, Ihr würdet natürlich gern sehen, dass der feine Herr, wie immer er auch heißen mag, wegen der Verschleppung der Johanna und der Gewalt, die ihr angetan wurde, zur Rechenschaft gezogen wird.

Wie ich Euch bereits erklärte, wird kein Gerichtsverfahren aus diesen Gründen gegen ihn angestrengt, denn Johanna ist eine Dirne. Ihr wisst, damit ist sie rechtlos. Aber der Kerl wird jetzt wegen anderer Taten belangt. Da ist zunächst einmal der falsche Adelstitel, den er angeblich trägt. Die Strafe dafür könnte auch mit Geld gebüßt werden.

Ich bin aber sicher, durch die Leugnung Gottes und durch die Diffamierung des Herrn Jesus Christus hat er sich in eine fatale Lage gebracht. Er wird mit großer

Wahrscheinlichkeit der Blasphemie angeklagt, der Inquisitor wird sich des Falles annehmen und da er die Äußerungen in aller Öffentlichkeit von sich gab, wird er wahrscheinlich schuldig gesprochen. Das wird wohl sein Todesurteil sein.«

»Werden wir dem Prozess auch beiwohnen können?«

»Ich bin sicher, nein. Ein solcher Prozess vor dem Inquisitor ist nicht öffentlich. Ich weiß nicht, wann und wo das Verfahren stattfinden wird. Doch das Urteil erfahre ich spätestens am folgenden Tage und Ihr dann natürlich auch.«

Die Bombe

Wieder fuhr Ulrich nach Mainz. Er ging durch die Straßen und landete vor dem Hausener Hof, dem Anwesen, das früher seinem Vater gehörte.

Wenn ich nur wüsste, wem das alles jetzt gehört, dachte er. Ulrich ging zum Tor und versuchte es zu öffnen, doch es war verschlossen.

Daraufhin beschloss er, zum Onkel in den Sächsischen Hof zu gehen. Aber Walter von Glaubitz war nicht daheim. Frieda, die Dienstmagd erklärte ihm, dass der Onkel erst am folgenden Tage zurückkehren würde. Dabei lächelte sie ihn an, und versuchte ihn zum Bleiben zu bewegen,

»Ich würde mich sehr freuen, wenn Ihr die Nacht hier verbringen würdet. Ich serviere Euch gern ein paar Becher Wein. Vielleicht lasst Ihr mich von dem Wein auch etwas probieren.«

Doch Ulrich bemerkte die Annäherungsversuche der Frieda gar nicht. Zu sehr war er mit den Gedanken an den verlorenen Besitz, dem Hausener Hof, beschäftigt.

Er verabschiedete sich von Frieda und ging zum Rhein hinunter. Dort stieg er in einen Nachen und ließ sich über den Rhein rudern. In Kastel stieg er in eine Postkutsche, die ihn nach Rüdesheim bringen sollte.

Es war später geworden in Mainz und es war bereits dunkel, als der Kutscher mit Ulrich unterwegs war.

Als die Kutsche am Ort Geisenheim vorbeigefahren war und eine besonders dunkle Stelle passierte, gab es einen lauten Knall, so als wäre eine Bombe explodiert. Die zwei Pferde vor der Kutsche scheuten und gingen durch. Der Kutscher war nicht in der Lage, die Tiere unter Kontrolle zu bringen. Sie rasten auf einen Hang hinauf und die Kutsche kippte um. Der Kutscher fiel unter das Gefährt und verletzte sich schwer. Ulrich wurde aus seinem Sitz geschleudert und landete relativ weich in einem Gebüsch. Außer ein paar Schrammen und einem gehörigen Schreck war ihm nichts zugestoßen.

Durch den lauten Knall wurden Anwohner auf den Unfall aufmerksam, eilten herbei und sorgten dafür, dass der verletzte Kutscher in den Brömserhof gebracht wurde. Ulrich bemühte sich darum, dass der Verletzte von einem Wundheiler versorgt wurde. Nachdem die Armbrüche und der Bruch eines Beines geheilt waren, konnte der Kutscher nach einem halben Jahr als geheilt entlassen werden.

Der tote Mönch

Ulrich und Burkhard wanderten in Richtung Kloster Eberbach. Kurz bevor sie das Kloster erreichten, kam ihnen eine Nonne entgegengelaufen und weinte bitterlich.

»Bitte helft mir, schnell kommt, etwas Fürchterliches ist passiert.«

»Ehrwürdige Schwester, was ist geschehen? Wie ist Euer Name?«

»Schnell helft mir. Ein schlimmer Unfall. Bitte kommt. Ich bin Schwester Agathe.«

Sie folgten der verzweifelten, weinenden Frau und fanden einen Mönch, blutüberströmt am Boden liegend.

Ulrich beugt sich über den sterbenden Mönch.

»Was ist geschehen? Was ist passiert? Könnte Ihr sprechen?«

»Bruder Andreas …, er schlug mich mit dem Kerzenständer …, es geht um Agathe …«

Er konnte nur leise vor sich hin stammeln, doch Ulrich und Burkhard verstanden seine Worte ganz klar.

»Bleib bei ihm«, Burkhard rief es laut, wandte sich um und Ulrich konnte noch hören, »ich hole Hilfe aus dem Kloster.«

Schwester Agathe kniete neben Ulrich und streichelte dem Mönch die Wangen. Ulrich hörte, wie sie leise zu ihm sprach,

»Ich werde immer bei dir sein, bitte stirb nicht, ich brauche dich«, und küsste seine Stirn, die vom Blut überschwemmt war.

Wenige Augenblicke später hörte Ulrich Stimmengewirr und sah vier Mönche, angeführt von Burkhard, die aus einem Waldstück gelaufen kamen.

Drei Mönche und Burkhard trugen den Schwerverletzten in Richtung Kloster.

Einer der Mönche kommt auf Ulrich zu und fragt:

»Was ist geschehen? Wisst Ihr Näheres?«

»Mein Freund Burkhard und ich waren auf dem Weg zum Kloster. Plötzlich kam uns eine Nonne entgegen, Schwester Agathe, so nannte sie sich. Sie bat um unsere Hilfe und führte uns hier her. Dort fanden wir den schwer verletzten Mönch. Er erzählte uns noch mit röchelnder Stimme, dass ein Bruder Andreas ihn mit einem Kerzenständer niedergeschlagen hätte. Dort an der Stelle, wo wir den sterbenden Mönch fanden, liegt auch noch der Kerzenständer, er ist voller Blut.«

»Ich bin Abt Nikolaus, ich bin der Abt des Klosters Eberbach. Aber wo ist die Nonne, von der Ihr spracht?«

Ulrich drehte sich um, konnte die Nonne aber nicht entdecken.

»Sie muss gegangen sein, bis vor wenigen Augenblicken war sie noch hier und hat sich sehr um den verwundeten Mönch gesorgt und bitterlich geweint.«

»Und wer seid Ihr?«, fragte der Abt.

»Ulrich von Olmen, ich lebe mit meinem Freund im Brömserhof in Rüdesheim. Wir sind beide Zöglinge von

Heinrich Brömser von Rüdesheim. Wer war der Mönch, den wir hier schwer verletzt fanden? Er war doch einer Eurer Zisterzienser? Oder irre ich mich«`

»Nein, Ihr irrt nicht. Das war Bruder Gebhard. Aber habe ich das richtig verstanden, die Nonne, von der Ihr spracht, hieß Agathe?«

»Ja, sie nannte uns ihren Namen, Agathe. Sie trug den Habit der Zisterzienser. Leben Nonnen im Kloster Eberbach?«

»Nein, aber im Kloster Tiefenthal. Wenn das die Nonne ist, die sich Schwester Agathe nennt, dann kenne ich sie. Ich bin nämlich gleichzeitig Abt des Klosters Tiefenthal.«

»Ist der Bruder Andreas, der den Bruder Gebhard niederschlug, auch ein Mönch hier aus Kloster Eberbach?«

»Wisst Ihr«, Abt Nikolaus schaute sehr ernst, »ich glaube zu wissen, was hinter der schrecklichen Tat steht. Ich werde den Vorfall innerhalb des Klosters klären. Euch und anderen weltlichen Personen werde ich und darf ich nichts Weiteres zu dem Vorfall erzählen. Einstweilen danke ich Euch für die Hilfe. Richtet meinen Dank auch Eurem Freund Burkhard aus.«

Der Abt verabschiedete sich, hob den Kerzenleuchter vom Boden auf und verschwand dann hinter eine Waldbiegung. Kurze Zeit später hörte Ulrich, dass jemand seinen Namen rief.

»Hier bin ich«, antwortete Ulrich, der die Stimme des Rufers sofort erkannt hatte.

»Wer war der Mönch, der mir soeben begegnete?«, wollte Burkhard wissen, als er seinen Freund erreichte.

»Das war der Abt des Klosters Eberbach, Abt Nikolaus. Aber wie ist es dir ergangen? Was ist mit dem verwundeten Mönch geschehen?«

»Als wir mit ihm das Kloster erreichten und auf dem Boden ablegten, konnten wir nur noch seinen Tod feststellen. Er hat den Schlag mit dem Kerzenleuchter nicht überlebt.«

Ulrich berichtete dem Freund, was er vom Abt erfahren hatte und dass dieser die Tat intern abhandeln wolle.

»Und ich habe erfahren, dass der Tote offensichtlich eine Liebesbeziehung zu der Schwester Agathe hatte. Der Mörder, Bruder Andreas, ist ebenfalls ein Mönch aus Kloster Eberbach. Das haben mir die Mönche erzählt, nachdem sie den Tod von Bruder Gebhard festgestellt hatten. Der Gebhard hat sich mit Agathe immer wieder hier im Wald getroffen. Gebhard brachte immer einen Kerzenständer mit und bevor sie sich der fleischlichen Lust hingaben, zündete er die Kerzen an und sie beteten gemeinsam zu Gott.«

»Dann hat der Bruder Andreas von der Sache ebenfalls gewusst. Vielleicht war er eifersüchtig, weil er auch in die schöne Agathe verliebt war?«

»Wir wissen es nicht und werden es wohl nie erfahren. Leider, denn offensichtlich wird das innerhalb des Klosters abgehandelt und dringt dadurch nicht an die Öffentlichkeit.«

»Du irrst, ich werde mehr erfahren. Wenn es so weit ist, werde ich dir berichten. Bitte habe Verständnis, dass ich dir jetzt nicht mehr dazu sagen kann. Ich habe meine Gründe.«

»Das ist kein Problem, ich bin sehr neugierig, eines Tages von dir mehr zu erfahren.«

Der Chor

Heinrich Brömser von Rüdesheim sprach Burkhard an, als er ihn auf dem Hof traf.

»Ihr habt Euch selten gemacht. Das gilt auch für Euren Freund Ulrich. Gibt es Gründe, dass Ihr das Gespräch mit mir nicht mehr gesucht habt?«

»Nein, es gibt keine Gründe. Es täte mir leid, wenn der Eindruck bei Euch entstanden wäre. Wir haben die Gespräche mit Euch immer sehr genossen und davon profitiert. Wir würden uns sehr freuen, möglichst bald mit Euch zu plaudern. Es gibt auch viele Neuigkeiten, die Ihr noch nicht erfahren habt.«

»Gut. Dann gebe ich Euch die Gelegenheit dazu. Morgen ist Sonntag und ich beabsichtige, mit der Kutsche ins Kloster Johannisberg zu fahren. Es ist kurz vor Weihnachten und in der Kirche findet eine Feier zum Advent statt. Dazu soll es einen Knabenchor geben, der dort singt. Ich lade Euch ein, fahrt mit mir mit in der Kutsche zur Kirche.«

»Das werden wir gerne tun. Auch im Namen von Ulrich danke ich Euch für die Einladung. Wir fahren natürlich mit.«

Am nächsten Morgen brachte der Kutscher des Brömserhofes die drei zum Kloster Johannisberg. Heinrich Brömser von Rüdesheim fühlte sich mehr als wohl in der Gesellschaft der beiden jungen Männer.

»Meine Gemahlin, Apollonia von Ingelheim, wollte uns ursprünglich heute begleiten. Sie ist allerdings etwas unpässlich.«

»Wir wünschen Ihrer Gattin eine baldige Genesung.«

»Ich werde es ihr ausrichten und bedanke mich für die Genesungswünsche. Danke.«

Eine Weile fuhren sie schweigsam durch Wälder und Reben. Bevor sie das Kloster erreichten, unterbrach Heinrich Brömser das Schweigen.

»Inzwischen erfuhr ich, dass der Mensch, der sich in der Weißburg verschanzt hatte und sich als Freiherr ausgab, von der Inquisition angeklagt und gestanden hatte, dass er nicht Berthold von Breitenfels sei. Diesen Namen hätte er sich selbst gegeben und die Ahnenprobe und das Wappen von Mönchen, nach seinen Vorgaben, hat anfertigen lassen. In Wahrheit ist sein richtiger Name er Walther Bornhoff. Also ohne jegliche adlige Vergangenheit. Durch Raubzüge, die er gemeinsam mit seinem Stallmeister beging, habe er sich ein kleines Vermögen beschafft, die Weißburg erworben und gehofft, vom Adel als einer der ihren anerkannt zu werden. Nun, es war alles Lug und Trug und er wurde dank Euch entlarvt.«

»Hat er das alles, so ohne Weiteres eingestanden?«, wollte Ulrich wissen.

»Nein, man hat sein Geständnis nur erhalten, weil man ihn mit der Folter bedrohte. Er hatte einfach Angst vor der Folter und hat gestanden. Im Übrigen wurden inzwischen auch Nachweise gefunden, die seine Aussagen bestätigten. Sein Urteil wird er in den nächsten Tagen erhalten.«

Die Fahrt war bald beendet, sie verließen die Kutsche und gingen in die Kirche hinein.

»Unsere Plätze befinden sich dort im Chorgestühl«, Heinrich Brömser zeigte auf die Sitzreihen an den Längsseiten des Chorraums. Die Messe wurde vom Abt Simon gelesen. Ulrich hatte inzwischen seine Lateinkenntnisse etwas aufgebessert, aber hatte immer noch Probleme, der Liturgie zu folgen.

Vor dem Segen, am Ende der Messe, verkündete Abt Simon, dass es im Kloster seit geraumer Zeit einen Chor gäbe, der nach längerer Zeit des Übens, heute zum ersten Mal öffentlich auftreten würde. Aus dem Seitenschiff der Kirche führte ein Mönch 12 Knaben herein, die alle eine Kutte trugen, die dem Habit der Benediktiner nachempfunden war. Sie stellten sich im Halbkreis vor dem Altar auf. Und Ulrich erkannte sofort den Mönch, der den Chor in die Kirche geleitet hatte. Es war der Mönch Gregor, den sie vor langer Zeit im Kloster Johannisberg kennenlernten.

Bruder Gregor dirigierte den Chor, der zu singen begann. Es war sofort erkennbar, dass die Sangeskünste der Jungen noch nicht sehr hoch entwickelt war.

»Ach lieber Herre Jesu Christ,

weil du ein Kind gewesen bist,

so gib auch diesem Kindelein

dein Gnad' und auch den Segen dein;

ach? Jesus, Herre mein,

behüt' dies Kindelein.«

Plötzlich bemerkte Ulrich, dass Burkhard ganz aufgeregt den Heinrich Brömser von Rüdesheim am Ärmel zupfte.

»Schaut dort, der dritte Junge von rechts. Den kenne ich, das ist einer der entführten Jungen.«

Nach dem Schlusssegen rief Heinrich Brömser den Abt Simon zu sich und ordnete an, dass der Abt mit ihnen in die Sakristei kommen solle.

Dort angekommen, redete er mit scharfem Ton auf Abt Simon ein.

»Sorge er dafür, dass alle anderen Mönche die Sakristei sofort verlassen.«

Als sie nur noch zu viert in dem Raume waren, fragte Heinrich Brömser:

»Seit wann habt Ihr hier im Kloster einen Chor?«

»Das fing vor drei Jahren an. Drei Mönche haben sich darum bemüht, einen Chor aufzubauen und mit jungen Knaben zu üben. Wir sind noch nicht fertig damit, aber Bruder Gregor kümmert sich sehr um den Chor und langsam macht der Chor Fortschritte.«

»Woher habt Ihr denn die Knaben? Sie sind ja nicht viel älter als zehn oder zwölf Jahre.«

»Unsere Brüder haben sie hier im Rheingau von Müttern, die nicht mehr in der Lage waren, die Kinder zu versorgen und die Mütter haben bei uns zum Teil nachgefragt, ob wir ihnen nicht die Mühsal der Kindeserziehung abnehmen könnten.«

»Abt Simon, hier irrt Ihr. Wir können nachweisen, dass allein aus Rüdesheim fünf Knaben einfach entführt wurden. Die Kinder wurden ihren Eltern weggenommen. Die Eltern wissen nicht, dass ihre Kinder hier im Kloster leben. Wisst Ihr davon, dass die Kinder im Prinzip geraubt wurden?«

»Auf keinen Fall. Diesen Vorwurf weise ich von mir und von unserem Kloster. Alle Knaben sind freiwillig hier, das heißt, mit Einwilligung der Eltern oder auch nur mit Einverständnis der Mutter.«

»Ich bin davon überzeugt, dass Ihr dieses glaubt. Lasst uns Euch zeigen, wie es sich wirklich verhält. Ordnet bitte an, dass der Chor, hierher, vor die Tür der Sakristei gebracht wird. Saget den Mönchen, dass ich im Auftrag des Erzbischofs von Mainz mit dem Chor sprechen möchte. Erzählt bitte nichts von unserer Vermutung, dass die Knaben entführt wurden. Sollte ich mich mit meinen Anschuldigungen irren, werde ich mich in aller Form bei Euch entschuldigen.«

Der Abt tat, wie ihm geheißen und kurz danach stand der Chor vor der Tür der Sakristei, angeführt von den drei Mönchen, die sich um den Chor zu kümmern hatten.

»Bruder Gregor«, Heinrich Brömser, sprach den Dirigenten des Chors an, »Ihr seid der Leiter des Chors, habt die Aufsicht und dirigiert ihn. Heute möchte ich mich, mit dem Chor, ohne Eure Aufsicht unterhalten. Die Ergebnisse soll ich unserem Erzbischof Albrecht berichten, denn er hat vor, die Knaben für deren Gesangskünste zu belobigen. Bitte lasst uns mit Euren Schützlingen allein. Wir wollen uns anschließend mit Euch unterhalten und werden Euch über unser Gespräch mit dem Chor informieren.«

Widerwillig zogen sich Mönch Gregor und seine Mitbrüder zurück und überließen den Chor dem Rüdesheimer.

Die Chorknaben betraten eingeschüchtert die Sakristei. Ulrich bekam die Aufgabe, sich mit dem Chor in einer Ecke der Sakristei zu unterhalten. Er befragte sie allgemein, nach dem Leben im Kloster und ihrer Gesangausbildung.

Heinrich Brömser von Rüdesheim und Burkhard hatten sich in eine Nische der Sakristei gesetzt und holten als Erstes den Jungen, den Burkhard erkannt hatte.

»Bitte sag uns deinen Namen«, bat Heinrich Brömser den Jungen.

»Ich heiße Martin.«

»Und wie ist dein Familienname, du heißt doch nicht nur Martin?«

»Den Familiennamen dürfen wir nicht aussprechen.«

»Wer sagt das? Wer hat dir das verboten?«

»Das hat uns Bruder Gregor gesagt. Alles, was hier im Kloster passiert, ist ein großes Geheimnis. Das Geheimnis des Glaubens. Wir dürfen nur unseren Vornamen nennen und nichts anderes sagen.«

»Und was passiert, wenn du es verraten würdest? Gibt es dann eine Strafe?«

»Ja, Gott wird uns strafen. Gott wird uns und unsere Eltern strafen.«

»Das hat euch der Bruder Gregor erzählt?«

Martin nickte.

Jetzt schaltete sich Burkhard ein und fragte:

»Erkennst du mich?«

»Ja, Ihr seid Burkhard. Das habt Ihr mir erzählt, als ich vor ein paar Monaten mit meiner Mutter bei Euch im Brömserhof war.«

»Ich erinnere mich auch an dich. Weiß deine Mutter, dass du hier im Kloster bist?«

»Nein, sie darf es auch nicht wissen. Das ist ein Teil des Geheimnisses.«

Jetzt konnte es Abt Simon nicht länger ertragen und er schrie den Martin an:

»Wie kannst du so etwas erzählen? Sag die Wahrheit. Bruder Gregor hat so etwas niemals von Dir verlangt.«

Martin fing an zu weinen und er sprach kein Wort mehr. Er hatte Angst und fühlte sich unter Druck gesetzt.

»Abt Simon«, Heinrich Brömser hatte eine Idee, »wahrscheinlich ist es einfacher, wenn Ihr dem Knaben Martin erklärt, dass der Bruder Gregor den Kindern die Unwahrheit gesagt hat. Wenn die Jungen erfahren, dass ihnen und ihren Eltern nichts Schlimmes passieren wird, dass Gott sie nicht strafen wird, wenn sie die Wahrheit sagen, vielleicht erzählt uns Martin und dann auch die anderen mehr von dem, was hier geschehen ist.«

Abt Simon nickte und bat darum, dass alle Knaben zusammenkommen sollten.

Als die Knaben sich im Halbkreis um die vier aufgestellt hatten, schaute er allen, nacheinander in die Augen.

»Falls Euch jemand erzählt hat, dass Ihr und auch Eure Eltern von Gott gestraft werden, wenn Ihr über all das redet, was hier im Kloster geschehen ist, dann war das eine

Lüge. Ich bin der Abt des Klosters und weiß das besser, als all die Mönche, die mit Euch hier zu tun hatten. Bitte sprecht und erzählt, was geschehen ist.«

Die Gruppe der Jungen stand schweigend da. Sie hatten Angst, große Angst. Wem sollten sie Glauben schenken? Heinrich Brömser von Rüdesheim wartete ab und sprach dann als nächster zu den Knaben.

»Ich bin Heinrich Brömser von Rüdesheim. Einige von Euch werden mich kennen. Wer von Euch ist das? Wer kennt mich?«

Vier Jungen hoben zögerlich die Hand.

»Was haben Eure Eltern von mir erzählt?«, wandte er sich an die vier, die sich gemeldet hatten.

Nach kurzem Zögern begann der Erste und sagte:

»Nur Gutes, Ihr wäret immer sehr hilfreich.«

Ein paar andere nickten.

»Man kann mit Sorgen und Problemen zu Euch kommen.«

Nachdem wieder andere in die Lobeshymnen eingestimmt hatten, wurde Heinrich Brömser leicht verlegen und sagt dann:

»Wenn das so ist, wie Ihr sagt, dann könnt Ihr mir auch Euer Vertrauen schenken. Also, sprecht frei heraus, ohne Scheu. Es wird Euch nichts geschehen, glaubt mir. Weder Gott noch eine irdische Person wird Euch strafen. Ihr seid belogen worden, das haben wir jetzt erkannt. Bitte sprecht alle offen und frei. Martin«, Heinrich Brömser sprach den Jungen an, mit dem sie kurz vorher gesprochen hatten,

»fang du doch einfach an. Erzähle uns, wie du hierher ins Kloster gekommen bist.«

»Ein Mönch sprach mich in Rüdesheim an. Folgen sollte ich ihm, es sei alles mit meinen Eltern abgesprochen. Ich sei auserwählt für einen Chor, der hier im Kloster Johannisberg entstehen würde. Ich war der Dritte, der hier im Kloster von Bruder Gregor und Bruder Albrecht zum Chorsingen ausgebildet wurde. Danach kamen noch Wilhelm und Paul aus Rüdesheim zu uns. Die beiden kannte ich schon. Wir hatten oft zusammengespielt.«

Heinrich Brömser schaute die anderen Knaben des Chors an.

»War das bei euch so ähnlich? Sprecht bitte auch.«

»Ja, bei mir war das genauso. Der Mönch, der mich in Rüdesheim ansprach, das war Bruder Albrecht. Von ihm erfuhr ich, dass ich über alles schweigen müsse, was hier geschehen würde. Meinen Eltern würde es dann viel besser gehen, wenn ich mit ins Kloster kommen würde.«

»Bei mir war es Bruder Johannes«, berichtete ein anderer, »aber es war genauso. Ich solle über alles schweigen, über die Arbeit im Kloster, über das Singen im Chor und über die Segnungen.«

»Über welche Segnungen?«, wollte Abt Simon wissen.

»Über die Segnungen der Mönche.«

»Was denn für Segnungen? Ich weiß nicht, wovon du sprichst«, Abt Simon fragte nach.

»Die Segnungen bei Nacht.«

Heinrich Brömser mischte sich ein, weil er spürte, dass die Fragen des Abtes die Knaben einschüchterten.

»Wie liefen denn die Segnungen ab? Bitte schildert das im Detail. Wie wurdet Ihr gesegnet?«

»Wir mussten fast jeden Abend zu einem Bruder in dessen Zelle kommen. Der Bruder hatte sich ausgezogen und lag ganz nackt auf seinem Bett. Wir mussten uns auch ausziehen und zu dem Bruder ins Bett kommen. Dann wurden wir gesegnet.«

»Das ist ja unglaublich, was du da beschreibst«, Abt Simon fuhr fast aus der Haut, »ich kann nicht glauben, was du uns da erzählst.«

»Es ist die Wahrheit«, der Knabe Friedrich hatte Tränen in den Augen, »ihr könnt mir ruhig glauben. Fragt doch die anderen, wenn Ihr mir keinen Glauben schenken wollt.«

Heinrich Brömser fragte wieder nach.

»Wenn Ihr nackt neben einem Bruder lagt, was geschah dann wirklich? Wie ging die Segnung vor sich?«

»Da, wo wir normalen Menschen ein Glied haben, die Mönche haben das bei uns ‚den Lulatsch' genannt, haben die Brüder den ‚heiligen Ritter'. Und den mussten wir streicheln. Solange, bis der heilige Ritter zuckte und die Segnung bei uns auf den Bauch spritzte. Die Segnung mussten wir dann über unserem Bauch verreiben.«

»Welche Brüder waren es denn, von denen Ihr diese Segnung bekommen habt?«, fragte Heinrich Brömser. Abt Simon war ganz still geworden und man sah, wie Tränen über seine Wangen liefen.

»Bruder Gregor und Bruder Albrecht«, wusste Martin.

»Bruder Benedikt und auch Bruder Johannes.«

»Und manchmal musste ich zu einem Mönch, dessen Namen ich nicht kannte. Er hatte sich mir nie vorgestellt. In seiner Zelle stand ein Schild mit dem Namen Leopold. Aber ich weiß nicht, ob er tatsächlich so hieß.«

»Waren das alle Brüder, die Ihr jetzt genannt habt? Alle, von denen Ihr auf diese Art und Weise gesegnet wurdet?«

Die Knaben nickten und bestätigten die Frage des Abtes.

Abt Simon öffnete die Tür der Sakristei und ordnete an, dass die Brüder Gregor, Benedikt, Albrecht, Johannes und Leopold sofort in der Sakristei zu erscheinen hätten.

Nach ungefähr einer halben Stunde erschien Bruder Karl und verkündete:

»Die Brüder, deren Namen Ihr genannt habt, ehrwürdiger Abt, sind verschwunden. Es deutet alles darauf hin, dass sie geflohen sind.«

Kloster Eberbach

Es war ein kalter und ungemütlicher Morgen. Als Ulrich den Brömserhof verließ, begann es auch noch zu regnen. Ulrich war unterwegs zum Kloster Eberbach. Er hatte seinen Vater schon längere Zeit nicht mehr gesehen und freute sich auf die Begegnung mit ihm. Ulrich hatte sich warm angezogen und einen dicken Mantel über seine Schultern gehängt. Es war kein Vergnügen, bei dem Wetter durch die Gegend zu stapfen, aber die Vorfreude auf seinen Vater beschleunigte seinen Gang. Er benötigte 2,5 Stunden für die Wegstrecke und war trotz warmer Bekleidung sehr durchgefroren, als er die Klosterpforte erreichte.

Ihm wurde Einlass gewährt, denn die meisten Mönche kannten ihn, da Ulrich häufig den Bruder Benedikt von Hauenfels besuchte. Niemand kannte den tatsächlichen Grund der Besuche.

»Bruder Benedikt ist wahrscheinlich noch im Refektorium. Ich werde zu ihm gehen und bringe ihn dann in den Kapitelsaal. Dort könnt Ihr mit ihm reden.«

Ein Mönch machte sich auf den Weg, den Bruder Benedikt zu finden. Ulrich kannte den Kapitelsaal und er wusste daher auch, wie er ihn erreichen konnte. Er betrat den Kapitelsaal und stellte fest, dass es dort mehrere Gesprächsgruppen gab. Er ging wieder hinaus und unmittelbar vor der Tür traf er auf seinen Vater. Beide nahmen sich in die Arme und hielten sich minutenlang fest. Ulrich hatte Tränen in den Augen. Das war immer so, es waren

Freudentränen, denn es war überwältigend für ihn den Vater zu treffen.

»Wie geht es Euch, Bruder Benedikt?«

»Danke der Nachfrage, es geht mir ausgezeichnet. Speziell, weil du mich besuchst. Es ist so schön, dich zu treffen.«

»Wisst Ihr einen Ort, an dem wir uns ungestört unterhalten können? Im Kapitelsaal sind zu viele andere Brüder und draußen, im Freien ist es doch sehr ungemütlich.«

»Wir gehen einfach in meine Zelle. Ich schlafe nämlich nicht im Dormitorium. Komm, folge mir.«

Sie stiegen ein paar Stufen empor und folgten dann einem langen Gang, bis Bruder Benedikt endlich eine Tür öffnete. Heute sah Ulrich zum ersten Mal den Raum, in dem sein Vater lebte. Der Raum war spartanisch eingerichtet. Ein schmales Bett, ein kleiner Kasten, in dem Vater seine Utensilien aufbewahrte, ein Tisch, auf dem eine große Schüssel und eine Kanne mit Wasser standen. Davor stand ein Holzstuhl. Direkt neben dem Kopfende des Bettes gab es einen weiteren kleinen Tisch, auf dem eine Kerze stand und eine Bibel lag.

Benedikt von Hauenfels hatte den beobachtenden Blick seines Sohnes bemerkt und sagte:

»Ich lese oft und gern in der Bibel. Das gibt mir Kraft, Freude und Lebenswillen. Ich habe für viele Dinge in meinem Leben neue Erkenntnisse gewonnen. Ich fühle keinen Hass mehr auf den, der mich der Ketzerei beschuldigte, ich habe ihm längst verziehen und dabei kenne ich ihn noch nicht einmal. Wenn es dir, mein Sohn gut geht und du alles hast, was du benötigst, dann sind mir die Werte, die mir genommen wurden egal. Verstehst du das?«

»Ja, Vater, das kann ich verstehen. Bei mir ist es auch so, mir ist es wichtig, dass es Euch gut geht und ich erfreue mich an dem Leben, das ich führen kann. Ich bin bei Heinrich Brömser in den besten Händen.«

»Ulrich, wie ich vernahm, warst du dabei, als Bruder Gebhard erschlagen wurde. Stimmt das?«

»Ja, Burkhard und ich waren auf dem Weg, hier zum Kloster Eberbach. Plötzlich rief jemand um Hilfe. Wir gingen den Rufen nach und fanden Schwester Agathe, neben ihr lag Bruder Gebhard, war schwer verletzt und konnte uns noch erzählen, dass der Bruder Andreas ihn niedergeschlagen hatte. Burkhard brachte den verletzten Bruder ins Kloster, wo er dann wohl verstarb. Euer Abt Nikolaus kam und ich konnte ihm erklären, was passiert war. Burkhard kam später zurück und von ihm erfuhr ich viele Details. Offensichtlich hatte Bruder Gebhard eine Liebesbeziehung zu der Nonne Agathe aus Kloster Tiefenthal. Die beiden trafen sich häufig im Wald und frönten der körperlichen Lust. Bruder Gebhard brachte immer einen Kerzenständer zu diesen Treffen mit und bevor sie beiden sich liebten, zündeten sie eine Kerze an und beteten zu Gott. Nun war wohl der Bruder Andreas ebenfalls in die Schwester Agathe verliebt. Der kam wohl dazu, entdeckte die beiden beim Liebesspiel und erschlug voller Eifersucht den Klosterbruder Gebhard.«

»So habe ich die Geschichte auch gehört. Aber ob Andreas aus Eifersucht handelte, ist noch immer ungewiss.

Bruder Andreas bestreitet dies. Vielleicht gab es einen Streit, um was auch immer.

Aber jetzt halte dich fest, was dann geschah, ist schier unglaublich. Bruder Gebhard hat seine Tat gebeichtet, bei wem ist nicht bekannt. Nach seinem Bekunden wurde ihm eine Buße auferlegt. Er darf sich über viele Jahre nur noch von Wasser und Brot ernähren.

Bruder Andreas geht davon aus, dass seine Schuld durch die Beichte und die ihm auferlegte Buße gesühnt ist. Zumal durch den Ablass, den er gezahlt hat, die Dauer seiner Buße auf zehn Jahre reduziert wurde. Ich bin empört, da offensichtlich auch Abt Nikolaus gewillt ist, das Ganze zu billigen.«

»Was hat das mit Gerechtigkeit zu tun? Vater, wie kann so etwas sein. Ich bin entsetzt. Aber bitte erklärt mir, was ‚Ablass' bedeutet. Wieso kann ich mit Geld Ablass erlangen? Ich kenne das Wort nicht.«

»Ablass? Ich will es dir erklären, aber das ist eine längere Geschichte. Es hat zunächst mit unserem Erzbischof Albrecht von Brandenburg zu tun. Du weißt, dass der Vorgänger von ihm, der Erzbischof Uriel von Gemmingen vor ein paar Jahren starb. Im selben Jahr wurde Albrecht von Brandenburg zum Erzbischof von Mainz.«

»Ja, das weiß ich«, unterbrach Ulrich seinen Vater; »das hat uns Heinrich Brömser schon erzählt.«

»Daraus hat sich allerdings einiges entwickelt. Für die Bestätigung seiner drei Bistümer musste Albrecht von Brandenburg dem Papst viel Geld, 30.000 Gulden, bezahlen und stürzte sich darum bei dem Bankhaus Fugger in

Augsburg in große Schulden. Albrecht erwirkte vom Papst auch den Auftrag, den für den Bau der römischen Peterskirche ausgeschriebenen Ablass in seinen Diözesen und in Brandenburg verkünden zu lassen. Vereinbart wurde, dass die Hälfte der eingehenden Gelder zur Schuldentilgung an die Fugger abzuführen sei.«

»Ja, genauso hat es uns Heinrich Brömser auch erzählt«, Ulrich gab keine Ruhe, »dann hat also Erzbischof Albrecht den Ablass erfunden?«

»Nicht ganz. Ablass hat es in unserer Kirche immer schon gegeben. Wer als Sünder seine Taten ehrlich bereute und entsprechende Buße tat, dem konnte ein Teil seiner Schuld erlassen werden. Aber unser Erzbischof hat veranlasst, dass ein Sünder Ablassbriefe kaufen kann. Man kann sich also mit Geld von seiner Schuld befreien. Dieses Geschäft und die Art und Weise, wie der Ablass verkündigt und das Geld eingetrieben wird, findet nicht überall Zustimmung. Es verbreitet sich immer häufiger die Meinung, dass es nicht im Sinne von Jesus Christus sein kann, seine Sünden mit einer Geldbuße auszulöschen oder zum Teil zu tilgen.«

Brömserburg

Es war schon etwas später am Nachmittag, als Ulrich und Burkhard die Brömserburg erreichten. Sie besichtigten die Burg, deren Räume und Gänge und erfuhren viel über die Geschichte der Burg. In den Räumen fanden sie Bücher und dokumentarische Beschreibungen.

Die Brömserburg war Zollburg, Sitz der Ritter Brömser und diente zum Schutz der Fährverbindung über den Rhein. Zu Beginn des 13. Jahrhunderts, wurde die Brömserburg dem Adelsgeschlecht ‚derer von Rüdesheim' übereignet. Die Burg war derzeit nicht bewohnt und Heinrich Brömser wollte mit der befreundeten Familie der Rüdesheimer neue Nutzungsmöglichkeiten besprechen.

Als sie auf dem Dach der Burg standen, war es Ulrich, als hätte er unten in der Burg ein Geräusch gehört. Sie versuchten festzustellen, woher das Geräusch kam, konnten aber nichts entdecken.

Beide stellten sich an die Mauer auf dem Dach und schauten von oben auf den Rhein und beobachteten längere Zeit den Fluss.

Plötzlich war ein lauter Knall zu hören und ein Schrei. Ulrich sah, dass sein Freund zu Boden fiel. Er beugte sich zu ihm und sah, dass Burkhard am Arm blutete.

»Was war das? Was ist denn passiert?«

Doch bevor er eine Antwort hören konnte, standen plötzlich zwei vermummte Männer neben den beiden. Einer trug eine Hakenbüchse im Arm, mit der er vermutlich geschossen hatte. Der andere schien unbewaffnet und herrschte Ulrich an:

»Steh sofort auf, du Hundsfott!«

Langsam erhob sich Ulrich, ohne die beiden Angreifer aus den Augen zu lassen.

Der mit der Hakenbüchse kam auf die beiden zu, doch bevor er die Büchse nachladen konnte, hatte Ulrich dem Kerl die Büchse aus den Händen gerissen und in hohem Bogen vom Dach der Burg hinuntergeworfen.

Jetzt kamen beide auf Ulrich zu. Einer wollte ihn mit einem Faustschlag niederstrecken. Ulrich wendete erfolgreich den Abwehrtrick an, den er von Burkhard gelernt hatte und schlug seinerseits den Angreifer zu Boden.

Der andere blieb stehen und zögerte.

»Mach ihn fertig, mit mir ist alles in Ordnung«, rief Burkhard, der sich langsam vom Boden erhob.

Der Angreifer hatte plötzlich ein Messer in der Hand und kam langsam auf Ulrich zu. Ulrich versuchte auszuweichen, doch er stolperte über eine Stufe im Boden. Im selben Augenblick hatte der Angreifer Ulrich erreicht, gab ihm einen Stoß und Ulrich fiel über die Mauerbrüstung und stürzte von Dach der Brömserburg nach unten.

Der Onkel

Burkhard saß am Bett des Freundes, der langsam erwachte und die Augen aufschlug. Etwas war komisch. Ulrich versuchte sich zu erinnern, doch er hatte Probleme, sein Gedächtnis lieferte ihm nichts, was ihm helfen könnte. Jetzt entdeckte er den Freund, der am Bett saß und er sah den großen weißen Verband, den Burkhard am linken Oberarm trug.

»Was ist mit dir? Bist du verletzt? Was ist passiert?«

»Ja, ich wurde verletzt. Erinnerst du dich nicht?«

»Ich bin mir nicht sicher. Da war die Brömserburg, da war ein Knall. Erzähl mir mehr. Was war da?«

»Du und ich, wir besuchten die Brömserburg und haben die erkundet. Als wir auf dem Dach waren und die Aussicht von oben bewunderten, fiel plötzlich ein Schuss, der mich am Arm traf, ich stürzte zu Boden, aber das war keine große Sache. Zwei Männer, die Masken trugen, rannten auf uns zu. Du hast den mit der Hakenbüchse entwaffnet, die Büchse nach unten geworfen und den Kerl niedergeschlagen.

Der andere kam mit einem Messer auf dich zu, du bist ausgewichen, gestolpert und der Kerl hat dich mit einem Hieb vom Dach der Brömserburg gestoßen. Du hattest großes Glück, dass der Rhein direkt unten an der Burg fließt und so fielst du lediglich ins Wasser. Zwei Passanten, die den Vorfall beobachteten, zogen dich aus dem Wasser.«

»Und was ist mit den beiden Angreifern geschehen?«

»Bevor ich wieder auf den Beinen war, haben die das Weite gesucht. Ich konnte unbehelligt die Burg verlassen, fand dich am Ufer und schleppte dich hierher in den Brömserhof. Hier wurden wir beide versorgt.«

»Du hast mich bis hier zum Brömserhof geschleppt, obwohl du selbst verletzt wurdest. Du bist ein wahrer Freund. Danke.«

In diesem Augenblick betrat Heinrich Brömser die Kammer.

»Mir wurde von dem Ungemach berichtet, das Euch widerfuhr und ich bin froh, Euch beide offensichtlich wohlauf zu sehen. Aber was ist denn genau passiert? Details kenne ich noch nicht.«

Und Burkhard berichtete noch einmal in allen Einzelheiten von dem Vorfall.

»Habt Ihr eine Vermutung, was alles hinter dem steckt? Was wollten die Angreifer von Euch?«

»Das wissen wir nicht. Wir haben keine Ahnung.«

»Galt der Anschlag euch beiden oder nur Burkhard oder ausnahmslos dir Ulrich?«

»Erinnert Ihr Euch«, fragte Ulrich, »vor langer Zeit geriet ich auf der Kutschfahrt von Mainz nach Rüdesheim schon einmal in einen Hinterhalt. Vielleicht hat es damit zu tun?«

»Von diesem Vorfall habt Ihr mir nie etwas erzählt«, Heinrich Brömser schaute erstaunt, »was war da los?«

Ulrich berichtete, wie die Bombe neben der Kutsche explodierte, die Pferde durchgingen, die Kutsche umstürzte und der Kutscher schwer verletzt wurde.

»Davon habe ich nie etwas erfahren. Warum berichtet Ihr mir nicht alles? Wir sind doch Freunde, oder?«

Die beiden nickten.

»Sollte das bedeuten. Dass Ihr in Gefahr seid, Ulrich? Ich rate Euch gut, seid auf der Hut. Passt auf Euch auf. Ich rate Euch, fahrt zum Onkel nach Mainz und berichtet ihm. Vielleicht erkennt er einen Zusammenhang und weiß Rat.«

Ulrich befolgte den Vorschlag und ließ sich schon am nächsten Morgen mit der Kutsche nach Mainz bringen. Im ‚Sächsischen Hof' wurde Ulrich sofort zum Oheim vorgelassen.

»Ulrich, du bist hier?«, Walter von Glaubitz wirkte überrascht den Neffen in Mainz zu sehen.

»Lieber Oheim, ich möchte Euch sprechen. Zwei Dinge gibt es, die ich mit Euch bereden möchte.«

Ulrich erzählte dem Onkel von den Anschlägen auf ihn.

»Von keinem dieser Anschläge auf dich habe ich jemals etwas gehört. Das mit dem Anschlag auf dem Dach der Brömserburg, ist schon recht seltsam. Ich glaube nicht, dass du dabei zu Schaden kommen solltest. Das galt sicher deinem Freund. Ein schöner Freund ist das, hat sich etwas zuschulden kommen lassen und du bist der Leidtragende.«

»Burkhard wurde doch von der Kugel getroffen, er wurde also auch verletzt. Ich bin zum Glück nur ins Wasser gefallen. Aber Ihr habt recht, Oheim. Wem der Anschlag galt, wir wissen es nicht.«

»Du sagtest, es gäbe zwei Themen. Welches ist das andere Thema?«

»Es geht, wie er sich denken kann, um meinen Vater. Mein Vater ist jetzt vor zwei Jahren aus dem Kerker entflohen. Inzwischen hätte er zwar seine Kerkerhaft noch nicht verbüßt. Sehet Ihr eine Möglichkeit, dass Vater rehabilitiert werden und sein Eigentum, den Hausener Hof zurückerhalten kann?«

»Mein Sohn, auch ich habe darüber schon lange nachgedacht und bereits mit unserem Erzbischof ein Gespräch geführt. Er hat mir klar erklärt, dass der Jakob van Hoogstraten gerade eine Privatfehde mit Johannes Reuchlin austrägt. Damit ist dieser wohl sehr beschäftigt, weil ihm dieses wichtiger ist, als alles andere. Die Antwort auf deine Frage kann nur vom Inquisitor Jakob van Hoogstraten beantwortet werden. Es wird nicht leicht, da dein Vater als vogelfrei erklärt wurde. Ich kenne keine Fälle, dass ein solches Urteil zurückgenommen worden ist.«

»Kann man denn herausfinden, wer jetzt im Besitz des Hausener Hofs ist und ob jener nicht meinen Vater, wider besseres Wissen verleumdet hat, sodass Vater wegen Ketzerei verurteilt wurde?«

»Das habe ich bereits erfahren können. Es ist Ingolf von Gramstadt. Ich kenne den auch nicht näher, habe seinen Namen sonst noch nie gehört.

Aber bedenke bitte, die Meinung, die dein Vater seinerzeit kundtat, ist eine Meinung, die man sehr wohl vertreten kann, aber dem Gesetz nach als Ketzerei einzustufen ist. Insofern ist das Urteil durch das Gesetz gedeckt.

Dass du und ich und ebenso viele Menschen, das Gedankengut deines Vaters als gut und richtig empfinden, wird nicht dazu führen, dass das Urteil aufgehoben wird. Ich kann deinen Unmut sehr wohl verstehen, aber auch unser Erzbischof, wird die Aussagen deines Vaters als Ketzerei werten. Die Aussagen richten sich gegen die Kirche. Er wird das Urteil nicht aufheben. Vielleicht ändern sich die Zeiten und die Gesetze. Hast du inzwischen etwas von deinem Vater gehört?«

»Nein«, log Ulrich nach Geheiß seines Vaters den Onkel an, »ich habe keine Ahnung, wo er steckt und ob er überhaupt noch am Leben ist.«

»Ulrich, ich kann deine Sorgen gut verstehen, vielleicht hilft ja das Gebet zu Jesus Christus.«

Hermine Oberbach

Heinrich Brömser von Rüdesheim hatte eingeladen. Freunde und wichtige Personen der Kirche und des Adels kamen in den Brömserhof. Auch Ulrich und Burkhard gehörten zu den Geladenen.

Etwa fünfzig Gäste wurden im großen Saal bewirtet und genossen die köstlichen Speisen und die erlesenen Weine. Neben jedem Mann wurde eine Frau gesetzt, wobei darauf geachtet wurde, dass niemand einen Tischnachbarn bekam, mit dem er bekannt oder gar verheiratet war.

Neben Ulrich saß Hermine Oberbach, seine Tischdame. Ihr Ehemann war ein reicher Weinhändler aus Geisenheim und saß am anderen Ende der Tafel. Hermine Oberbach hatte Ulrich von ihrem Gatten erzählt. Eine Zeit lang beobachtete Ulrich den Ehemann und hatte den Eindruck, dass dieser ein affektierter Kerl sein müsse. Ulrich gefiel das Gehabe nicht, dass dieser Mensch an den Tag legte.

Zwischen den einzelnen Speisen spielte Musik auf und es war ein Akt der Höflichkeit, seine Tischdame zum Tanz zu führen. Ulrich hatte am Brömserhof, im Rahmen seiner Erziehung ein paar Tänze erlernt und hoffte auf Kontratanz oder einen Reigen. Aber die Musikanten spielten ein Stück, nach dem Ulrich nicht zu tanzen vermochte. Er bat seine Nachbarin zum Tanze und erklärte ihr auf der Tanzfläche von seinem Problem.

»Das ist überhaupt kein Problem, junger Herr. Ich werde Euch führen. Ich kann Euch das eine oder andere zeigen. Und das nicht nur, was das Tanzen betrifft.«

Da Ulrich nicht schwer von Begriff war, verstand er sofort, was seine Tischdame damit meinte und so beschloss er, diesem Abenteuer nicht aus dem Wege zu gehen. Das wäre sicher eine wundervolle Erfahrung.

Ulrich genoss die Tänze, bei denen er den Körper seiner Tanzdame an sich pressen konnte. Dazu brauchte er nicht viel Kraft, denn Hermine drückte sich mit noch größerer Kraft an Ulrich und versuchte Details seines Körpers zu erspüren.

Als der Abend sich dem Ende zuneigte, flüsterte seine Nachbarin ihm noch ihre Adresse zu und fragte:

»Was haltet Ihr davon, mich am nächsten feria quarta zu besuchen?«

Ulrich zählte mit den Fingern nach, um den richtigen Wochentag zu errechnen. Er kam auf den Mittwoch und hoffte, dass Hermine den gleichen Tag meinte.

»Wann erwartet Ihr mich? Ich möchte keinen Augenblick zu spät bei Euch erscheinen.«

»Kommt kurz vor dem Mittagessen. Ich lasse uns etwas Gutes zum Essen bereiten und dann haben wir viel Zeit. Mein Mann kommt an diesem erst sehr spät heim.«

»Ich freue mich jetzt schon darauf und möchte am liebsten direkt mit Euch mitgehen.«

»Keine Ungeduld, warte er ab, wir sehen uns an feria quarta.«

Als er sie vor die Tür bringen wollte, um sich zu verabschieden, warf Ulrich die Tür hinter sich zu und hörte sofort jemanden laut aufschreien. Es war der Gemahl von

Hermine, der direkt hinter ihm ging und den hatte er nicht bemerkt und ihm die Tür vor den Kopf geknallt.

Der war etwas ungehalten und meinte:

»Wo hat er seine Gedanken oder seine Augen? Das war sehr schmerzhaft.«

Ulrich entschuldigte sich in aller Form und sah dem Ehepaar zu, wie sie in ihre Kutsche stiegen und davonfuhren.

Haus zum Loch

Burkhard hatte von Ulrichs Verabredung mit Hermine erfahren und fragte seinen Freund:

»Und was sind deine Pläne mit Maria? Wie ich annehme, war das eine wunderbare Erfahrung, die du gemacht hast.«

»Ja, so ist es. Die Liebe mit Maria war ein unglaublich schönes Erlebnis. Wahrscheinlich wird es eine Wiederholung geben. Aber du warst es doch, der mir empfahl, Erfahrungen mit Frauen zu sammeln und morgen ist es so weit, dann treffe ich Hermine. Aber sag mir, was ist eigentlich mit deinem Liebesleben?«

Burkhard grinste und sagte:

»Ja, es gibt bei mir auch ein Liebesleben. Auch ich habe auf dem Fest hier auf dem Brömserhof eine Eroberung gemacht. Ich treffe die Dame allerdings einen Tag später als du die deine.«

»Kenne ich sie?«

»Ich glaube nicht. Sie ist Witwe, eine gutbürgerliche Frau hier aus Rüdesheim. Ich werde sehen, was passiert. Du wirst es erfahren.«

»Was hältst du davon, wenn wir den heutigen Abend wieder in der ‚Linde‘ am Marktplatz verbringen? Ein paar Becher Wein würde ich jetzt gern trinken.«

Burkhard war sofort einverstanden. Sie waren unten am Rhein gewesen und machten sich auf den Weg zum Markt und gingen jetzt die Löhrstraße hinauf. Ulrich fragte seinen Freund danach.

»Was bedeutet denn ‚Löhrstraße', woher kommt der Name?«

»Wahrscheinlich wird der entstanden sein, da hier viele Gerber gearbeitet haben und mit Gerberlohe gearbeitet haben. Das heißt, sie haben Rinde, Blätter oder Holz von Eichen zum Gerben benutzt. Und aus dem Wort ‚Lohe' entstand eines Tages das Wort Löhr.«

Ulrich war mächtig stolz auf seinen Freund, der wirklich zu jeder Frage, die Ulrich hatte, eine Antwort wusste.

Um zum Marktplatz zu kommen, wollten sie am ‚Haus zum Loch' den Durchgang benutzen, um das Gasthaus zur Linde zu erreichen. Als Ulrich den Durchgang passiert hatte, vernahm er ein irritierendes Geräusch über sich. Er blickte nach oben und konnte gerade noch zur Seite springen, bevor ein großer Steinquader von oben herabfiel.

Eine Stimme schrie: »Nimm hin!«

Der Stein fiel an Ulrich vorbei und krachte mit viel Getöse auf die gepflasterte Straße.

Burkhard und Ulrich blickten nach oben, um festzustellen, woher der Stein kam, doch es war kein Verursacher zu entdecken. Burkhard war sicher, dass der Attentäter über die Dächer der Häuser geflohen war.

Als sie nach einiger Zeit das Gasthaus ‚Zur Linde' betraten, steckte beiden noch der Schreck tief in den Gliedern. Sie setzten sich an einen freien Tisch in der Ecke und schon stand Trautchen bei ihnen und fragte nach den Wünschen der beiden und empfahl:

»Heute haben wir eine Gemüsesuppe und wenn es Euch genehm ist Hühnerschenkel.«

Beide waren einverstanden und bestellten wie gewöhnlich Bier und Wein.

»Ulrich, was war das eben, dort am ‚Haus zum Loch'? War das wieder ein Anschlag auf dich? Ich habe mich mächtig erschrocken.«

»Das kannst du aber glauben, ich erschrak ebenfalls. Ich weiß nicht, ob mir das Ganze galt. Aber ich vermute es. Ich kann aber überhaupt nicht erkennen, wer oder was dahintersteckt. Angst, dass es mich eines Tages doch trifft, habe ich schon. Ich danke Gott, dass er mir bisher immer einen Schutzengel zur Seite gestellt hat.«

»Heute Abend ist es mit meiner Fröhlichkeit erst einmal vorbei. Ich schlage vor, wir essen und trinken das Bestellte und gehen dann zurück in den Brömserhof.«

»Ja, das machen wir. Mir ist auch erst einmal die Freude vergangen. Selbst mein Hunger ist verflogen.«

Und doch löffelten beide später ihr Süppchen und das gebratene Hühnerbein. Nachdem beide auch den Wein und das Bier getrunken hatten, fragte Ulrich:

»Wie geht es dir nach dem Mahl jetzt? Ich spüre, dass mir der Anschlag nicht mehr in den Knochen steckt. Ich würde gern noch einen Becher mit Wein trinken.«

Burkhard lachte und als Trautchen am Tisch vorbeiging, bestellte er für beide noch ein Getränk.

»Du hast völlig recht, wir sollten uns durch die Taten eines Idioten nicht in unserem Leben einschränken lassen.«

Am nächsten Morgen suchte Ulrich gleich wieder den Kontakt zu Heinrich Brömser von Rüdesheim und wollte ihm vom Anschlag am Haus zum Loch berichten.

Bevor Ulrich etwas sagen konnte, begann Heinrich Brömser das Gespräch und hatte eine Nachricht an Ulrich.

»Gestern erfuhr ich etwas, von dem ich glaube, dass es für Euch und auch Burkhard von großer Wichtigkeit sein wird. Der Mensch, der sich als Berthold von Breitenfels ausgab, wurde von der Inquisition zum Tode verurteilt und bereits vor drei Wochen gehängt. Am Galgen auf der Lützelau. Es kann sein, dass er dort noch immer hängt. Man macht das gern, damit das Volk abgeschreckt wird und deshalb weniger Untaten begeht. Wollt Ihr Euch den vermodernden Leichnam am Galgen anschauen?«

»Nicht alles, was bei uns Gepflogenheit ist, findet meinen Gefallen. Der Name von dem Kerl war doch Walther Bornhoff. Ich bin überzeugt, die Todesstrafe mag zwar das rechte Urteil sein, aber mir missfällt, dass der Leichnam jetzt noch dort hängt. Sein Tod sollte uns genügen.«

»Mir gefällt Eure Meinung. Mit seinem Tod ist sein begangenes Unrecht abgeschlossen. Ich werde veranlassen, dass sein Leichnam abgenommen und bestattet wird.«

»Habt Ihr etwas von dem Stallmeister der Weißburg gehört? Was mag wohl mit dem passiert sein?«

»Oh ja, ich vergaß es, Euch zu erzählen. Die Köchin, die dort arbeitete, hat wohl mit dem Stallmeister gestritten. Wie eine Bedienstete von dort berichtete, hat sie ihm vorgehalten, dass er mit dem angeblichen Berthold von Breitenfels Überfälle begangen habe. Daraufhin hat er sie erschlagen. Er ist jetzt auf der Flucht und wird gesucht.«

»Hoffentlich wird dieser Kerl eines Tages auch vor Gericht gestellt.«

»Da geht mir etwas durch den Kopf. Ihr habt doch, zusammen mit Burkhard, den Stallmeister persönlich kennengelernt. Wenn der jetzt erfahren haben sollte, dass Ihr für die Verhaftung und letztlich für den Tod des Berthold von Breitenfels, genauer gesagt Walther Bornhoff gesorgt habt, kann es sein, dass dieser Stallmeister hinter den Anschlägen auf Euch steht?«

Ulrich war wie vom Donner gerührt.

»Das kam mir bisher noch nicht in den Sinn. Darüber muss ich noch einmal nachdenken.«

Ulrich beschloss, darüber, sofort mit Burkhard zu reden und bedankte sich bei Heinrich Brömser für das Gespräch.

Besuch bei Hermine

Es war so weit, feria quarta, der Mittwoch brach an und Ulrich stellte beim Frühstück fest, dass er sich auf das Treffen mit Hermine Oberbach freute, aber er bemerkte an sich keinerlei Aufregung oder Nervosität.

Ich bin wohl schon ein erfahrener Liebhaber, dachte er und musste selbst darüber lachen.

»Worüber lachst du?«, fragte Burkhard und biss von einem Stück Brot ab.

»Ich dachte an Hermine, die ich heute Mittag noch zu treffen gedenke.«

»So wie ich mich auf morgen freue, da habe ich dann mein Liebesabenteuer.«

»Ich dachte soeben an meine unglaublichen Erfahrungen als Liebhaber, dabei wird Hermine erst meine dritte Frau sein. Darüber musste ich lachen. Wie viele Damen hast du denn schon erobert?«

»Darüber redet man eigentlich nicht. Aber du bist mein Freund, dir werde ich es verraten. Es waren ‚pauci centum'«

Ulrich schaute etwas entgeistert.

»Was heißt das denn?«

»Hast du das nicht verstanden?«

»Nein, war das Lateinisch?«

»Ja, das war es. Du bist doch dabei, es zu erlernen?«

»Du Hund«, Ulrich musste über den Hinterhalt des Freundes lachen, »pauci habe ich verstanden. Lass mich raten. Das hieß ‚ein paar tausend', oder?«

»Wenn ich zwei unterschiedliche Damen pro Woche getroffen hätte, wären das im Jahr mehr als hundert. Bei ein paar tausend, nehmen wir an, zweitausend, dann entspräche das fast genau meinem Lebensalter. Du solltest wissen, dass deine Übersetzung falsch ist. Ich sagte ‚pauci centum'. Das heißt ein paar hundert. Mag sein, dass du bald ein erfolgreicher Liebhaber bist, aber zum erfolgreichen Lateiner langt es noch nicht.«

Beide amüsierten sich über ihre Blödelei köstlich.

»Während du bald zu deiner Geliebten gehst, werde ich mich mit Pfeil und Bogen bewaffnen und noch etwas Zeit mit Üben verbringen. Ich wünsche dir viel Vergnügen, mein Freund.«

Es war an der Zeit, Ulrich hörte die Kreuzglocke der Kirche läuten und wusste, dass er jetzt losgehen müsse, um pünktlich bei Hermine zu sein.

Nach ungefähr 40 Minuten Fußmarsch erreichte er das Haus der Hermine Oberbach. Erklomm die drei Stufen vor der Haustür und bevor er klopfen konnte, öffnete sie ihm die Tür. Kaum war diese wieder geschlossen, fiel sie ihm um den Hals und küsste ihn ununterbrochen. Ulrich bekam kaum Zeit zum Luftholen, doch er war nicht tatenlos, sondern küsste die Frau nach Herzenslust zurück.

»Meinen zwei Bediensteten habe ich für heute freigegeben«, sagte sie zwischen der Küsserei, »komm folge mir.«

Sie ging schnurstracks auf das Schlafzimmer zu und zerrte Ulrich direkt aufs Bett.

»Ich weiß, wir wollten zuerst etwas essen, aber das können wir auch noch zwischendurch. Ich habe Speisen gewählt, die wir auch kalt genießen können.«

Und wieder küsste sie ihn voller Leidenschaft. Ulrich fuhr mit der Hand in ihr Dekolleté und umfasste eine ihrer Brüste.

»Warte«, Hermine riss sich förmlich das Oberteil vom Körper und präsentierte ihm jetzt beide Brüste. Sofort begann er ihren Brüsten zu liebkosen. Mit einer Hand versuchte er unter ihren Rock zu gelangen, aber das war sehr schwierig, denn sie trug mehrere Unterröcke.

Wieder war Hermine die Aktive und zog sich blitzschnell sämtliche Röcke vom Leib und stand dann vor ihm, nackt, wie Gott sie schuf.

Auch Ulrich hatte sich rasch entkleidet und als beide eng umschlungen wieder im Bett landeten, spürte er die Hitze ihres Körpers. Hermine griff nach ihm und begann ihn zu streicheln. Die Erektion, die sich sofort einstellte, nutzte Hermine und sorgte dafür, dass sein Glied den richtigen Weg fand.

Das Bett war groß und ausladend. Sie wälzten sich nach Herzenslust und dann verkündete sie ihren Orgasmus mit lautem Schreien.

»Es ist ungewöhnlich, dass du noch nicht zum Höhepunkt gekommen bist«, rief sie dann und bewegte sich immer heftiger. Erst als Ulrich unten lag und sie auf ihm ritt, kam es zu seiner Explosion.

Auch er schrie laut und war froh, dass offensichtlich niemand im Hause war, der sie hören konnte.

Beide waren sehr erschöpft und lagen entspannt nebeneinander.

»Wollen wir uns mit einer Kleinigkeit stärken?«

»Das ist eine gute Idee, ich möchte unbedingt etwas trinken. Ich bin durstig.«

»Ich möchte mit dir etwas essen und trinken, ohne dass wir uns bekleiden. Dann kannst du lieber Ulrich, die eine oder andere Delikatesse, direkt von meinem Körper naschen. Würde dir das gefallen?«

Ulrich stimmte sofort zu und beide gingen Hand in Hand in das Speisezimmer. Auf einem Tisch standen verschiedene Sorten Obst. Äpfel, Birnen, Weintrauben und Walderdbeeren, alles in mundgerechten Stücken. Zusätzlich lagen dort ein gebratenes Huhn und etwas Käse.

Ulrich naschte von den Früchten, einen Schenkel vom Huhn und trank einen Becher Wein. Hermine legte sich auf eine Liege und platzierte auf ihren Brüsten ein paar Walderdbeeren.

»Komm her, iss etwas von den Beeren, aber ohne die Hände zu benutzen.«

Ulrich folgte der Aufforderung und naschte die Walderdbeeren von den Brüsten.

Daraufhin legte sie zwei Apfelstücke in ihren Bauchnabel.

»Komm und iss die Apfelstücke.«

Ulrich war von dem Spiel sehr angetan und folgte der Aufforderung.

Dann sah Ulrich, wie sie eine Weintraube an sich versteckte und sagte:

»Such sie und jetzt hol sie dir, die Weintraube, wieder ohne die Hände zu nutzen.«

Damit hatte Ulrich nicht gerechnet. Er suchte und fand die Traube und eroberte sie mit seiner Zunge. Kaum hatte er die Weintraube im Mund, versteckte Hermine eine weitere Traube an sich.

Ulrich holte sich eine Traube nach der anderen und bemerkte, dass Hermine immer aufgeregter wurde.

»Komm mit ins Bett«, sagte Hermine, erhob sich, doch dann schrie sie laut auf.

In der Zimmertür stand ihr Ehemann und war vor Schreck erstarrt. Dann erkannte er Ulrich wieder, der noch immer splitternackt vor der Liege kniete.

»Das kann doch nicht wahr sein«, wurde er sehr laut, »erst schlägt er mir die Tür vor den Kopf, dann isst er von meinem Obst und von meinem Huhn und meinen Wein hat er auch getrunken.«

Ulrich war überrascht, denn er hatte erwartet, dass der Ehemann seine Frau und ihn wegen des Ehebruchs beschuldigen würde.

Das kam nach langer Pause, aber in Form einer Frage.

»Hat er etwa sogar mit meiner Frau geschlafen?«

»Nein«, erwiderte Ulrich geistesgegenwärtig, »Eure Kammerzofe ist nur gerade dabei, unsere Kleidung zu reinigen.«

Vater

Lautes Gelächter klang durch die Räume des Brömserhofes. Ulrich hatte dem Freund von seinem Liebesabenteuer erzählt und dieser konnte nicht mehr aufhören mit Lachen.

»Das ist zu komisch, was du mir da schilderst, der Hahnrei und euer Dialog, einfach köstlich. Und was geschah danach? Musstest du fliehen?«

»Nein, keineswegs. Ich ging ins Schlafzimmer, Hermine war bereits neben dem Bett und hatte sich fast vollständig bekleidet. Bei mir ging es auch recht schnell und dann bin ich zurück ins Speisezimmer. Hermines Ehemann stand immer noch dort und hatte sich nicht gerührt. Er schaute mich an, als wollte er jeden Augenblick anfangen zu weinen.«

»Und dann?«, Burkhard war voller Ungeduld.

»Ich schaute Hermines Mann an und sagte zu ihm ‚Ihr habt hervorragendes Personal, Eure Kammerzofe hat unsere Kleidung schon fertig gereinigt'.«

Jetzt war es mit Burkhards Fassung völlig vorbei. Er lag auf dem Boden und krümmte sich vor Lachen.

In der Tür stand Maria und wunderte sich über das Gelächter der beiden Freunde.

»Heinrich Brömser von Rüdesheim schickt mich. Ihr sollt beide zu ihm kommen.«

»Danke Maria«, sagte er und als er in Marias Augen blickte, kam ihm etwas ganz anderes in den Sinn, aber Heinrich Brömser hatte Vorrang.

Heinrich Brömser empfing die beiden und bat sie, sich zu ihm zu setzen.

»Ulrich und Burkhard, heute geht es um etwas sehr Wichtiges und Geheimes. Ich bin schon lange in ein Geheimnis eingeweiht, ohne dass Ulrich davon Kenntnis hat, obwohl es ihn in erster Linie betrifft. Und Ihr, Burkhard, werdet heute auch in dieses Geheimnis eingeweiht. Ich habe erfahren, dass Eure Freundschaft so groß ist. Ich bin sicher, dass Ihr das Geheimnis entsprechend wahren werdet.«

Burkhard und Ulrich schwiegen, denn sie wussten nicht, was auf sie zukommen würde.

»Bitte schaut einmal dort herüber«, Heinrich Brömser wies in Richtung eines Paravents in der Ecke.

Dahinter trat plötzlich Ulrichs Vater hervor und kam auf die drei zu.

»Vater!«, schrie Ulrich laut, rannte ihm entgegen und umarmte ihn.

Albert von Olmen, der das Habit der Zisterzienser trug, setzte sich zu der Gruppe dazu.

»Ich bin sprachlos, ich weiß nicht, was ich sagen soll. Vater, könnt Ihr aufhören, Euch zu verstecken? Ist für Euch das alles vorbei?«

»Nein, das ist es nicht«, Heinrich Brömser übernahm die Antwort, »ich denke, wir müssen erst einmal Burkhard in die Hintergründe einweihen. Ich mache es kurz, der Vater von Ulrich wurde durch Falschaussagen beschuldigt und er wurde von der Inquisition enteignet, sein Besitz und sein Vermögen wurden ihm genommen. Er kam in den Kerker, verurteilt wegen angeblicher Ketzerei. Er konnte fliehen und lebt jetzt mit falscher Identität im Kloster Eberbach unter dem Namen Benedikt von Hauenfels. Ulrich konnte ihn dort bereits mehrfach besuchen.«

Burkhard war sprachlos und hörte ergriffen zu.

»Es geht mir darum«, Ulrichs Vater ergriff das Wort, »den Besitz, der dem Ulrich zusteht, wieder zurückzubekommen, denn der hätte eigentlich nicht vom Gericht enteignet werden. Das Urteil bezog sich auf meine Besitztümer. Allerdings hat das Gericht Besitztümer beschlagnahmt, die dem Ulrich schon überschrieben wurden, bevor das Urteil fiel.«

»Von welchen Besitztümern sprecht Ihr, Vater. Es geht doch um den Hausener Hof.«

»Der Hausener Hof war mein Eigentum. Aber schon kurz nach deiner Geburt besaß ich noch das Freiburger Palais und das Ingelheimer Haus. Ich habe beide Gebäude auf dich übertragen. Darüber existieren auch unanfechtbare Dokumente.«

»Mich interessieren die Gebäude nicht. Mir ist wichtig, dass Ihr Vater frei seid und rehabilitiert.«

»Ulrich, hört zu«, Heinrich Brömser erklärte die Hintergründe, »ich bin dabei, zusammen mit dem Erzbischof Albrecht von Brandenburg den Fall wieder aufzurollen. Wir wollen das Unrecht aus der Welt schaffen und die Ehre von Albert von Olmen wieder herstellen. Das alles müsst Ihr wissen. Wir haben herausgefunden, dass der jetzige Besitzer der Gebäude, mit dem Namen Ingolf von Gramstadt, wahrscheinlich hinter dem Ganzen steht. Vermutlich hat er Albert von Olmen falsch beschuldigt und ihm gelang es, wie auch immer, in den Besitz der Gebäude zu gelangen. Der Grund, warum wir das alles anfechten können ist, dass es einen Ingolf von Gramstadt in Wahrheit gar nicht gibt.

Als der Herold Hans Wigand hier auf dem Brömserhof war, hatte ich ein Gespräch unter vier Augen mit ihm. Er hat sich mit dem Namen Ingolf von Gramstadt befasst und hat viele Dokumente geprüft. Vor einer Woche bekam ich es von ihm schriftlich. Einen Ingolf von Gramstadt gibt es nicht. Der Name ist eine Fälschung, genauso gefälscht, wie der Berthold von Breitenfels eine Fälschung war. Jetzt geht es darum, diesen Kerl zu erwischen, der sich da Ingolf von Gramstadt nennt.«

»Als mir Heinrich Brömser das mitteilte, habe ich ihn getroffen und wir haben uns entschieden, Euch beide in alles einzuweihen, denn wir wollen den Betrüger Ingolf von Gramstadt überführen und ihn vor ein Gericht stellen. Danach wäre ich endlich wieder frei und gälte als unbescholten.«

»Vor kurzem war ich in Mainz und stand vor dem Hausener Hof«, Ulrich erinnerte sich, »aber alles war verschlossen und es schien, dass niemand im Haus war. Was können wir, ich meine Burkhard und ich, was können wir tun, um diesen Betrüger und Verleumder zu überführen?«

»Lieber Ulrich, zunächst möchte ich meinem Wohltäter und wahren Freund danken, der mich im Kerker mit Verpflegung versorgen ließ und der mir bei der Flucht half.«

Ulrich fiel seinem Vater ins Wort:

»Wie könnt Ihr ihm danken, Walter von Glaubitz, mein Onkel, ist doch gar nicht hier?«

»Walter von Glaubitz? Wie kommst du auf meinen Schwager? Der hat mir doch nicht geholfen und konnte es wohl auch nicht. Hier ist der Mann und wahre Freund, Heinrich Brömser von Rüdesheim. Er hat mich behütet, mich im Kerker versorgen lassen und auch meine Flucht organisiert. Ihm muss ich dankbar sein, für immer.«

Heinrich Brömser wirkte etwas verlegen.

»Man kann ja schlecht von Freundschaft sprechen, wenn man die Möglichkeiten hat und einem Freunde nicht in der Not helfen würde. Und Albert von Olmen ist einer meiner ältesten Freunde. Ohne diesen Hintergrund hätte ich Euch Ulrich und dadurch auch Euch Burkhard nicht in mein Vertrauen gezogen und dadurch, und darüber bin ich froh, auch Eure Freundschaft gewinnen können.«

Jetzt war es an Ulrich und an Burkhard verlegen zu sein. Burkhard war der Erste, der das Wort ergriff.

»Ich bin sehr stolz und sehr gerührt von Euren Worten und freue mich sehr, dass Ihr mich in Euer Vertrauen einbezogen habt. Ich habe auch schon eine Idee, aber die gilt es noch weiter zu durchdenken, wie wir dem Ingolf von Gramstadt auf die Spur kommen und wie wir ihn dadurch entlarven können.«

»Was habt Ihr vor?«, wollte Albert von Olmen wissen.

»Ich weiß es noch nicht genau, aber es könnte ein Weg sein, ihn an seiner Schwachstelle zu erwischen. An seiner Habgier. Aber, ich weiß es auch noch nicht, wie wir es bewerkstelligen können.«

»Albert von Olmen«, Heinrich Brömser wirkte hocherfreut, »jetzt versteht Ihr vielleicht, warum ich von den beiden hier so begeistert bin. Sie haben immer wieder neue Ideen und Vorschläge und schaffen es auch, sie in die Tat umzusetzen.«

Bauernunruhen

Erneut rief Heinrich Brömser die beiden Freunde zu sich.

»Es zeichnen sich große Schwierigkeiten ab. Im ganzen Land werden die Bauern unruhig. Sie sind unzufrieden mit ihrer Situation, in der sie leben. Jetzt sind Forderungen der Bauern aufgetaucht, die im Lande kursieren und die Bauern zur Unruhe aufwiegeln. Ich meine, dass einige der Forderungen durchaus berechtigt sind. Lasst mich Euch die Forderungen erklären.«

Heinrich Brömser gab eine Niederschrift an die beiden. Darin waren folgende Punkte aufgeführt.

1. Jede Gemeinde soll das Recht haben, ihren Pfarrer selbst zu wählen und ihn abzuwählen, wenn man mit ihm unzufrieden ist. Der Pfarrer soll das Evangelium so predigen, wie es in der Bibel steht, wie es von Gott kommt.
2. Von dem Zehnten, den wir zahlen, sollen die Pfarrer entlohnt werden. Überschüsse sollen verwendet werden, um die Armut im Dorf zu beseitigen.
3. Wir wollen nicht länger Leibeigene sein.
4. Wir wollen die Erlaubnis, Wildbret, Geflügel und Fisch. Gott gab den Menschen die Gewalt über alle Tiere.
5. Die Wälder, die sich die Herren angeeignet haben, sollen der Gemeinde zurückgegeben werden. Jeder darf sein Bau- oder Brennholz selbst schlagen dürfen.
6. Die Frondienste sollen reduziert werden.

7. Die Dienste der Bauern dürfen nicht einseitig erhöht werden.
8. Kann ein Bauer seine Pacht nicht zahlen, soll die Gebühr ehrlich angepasst werden.
9. Strafen dürfen nicht willkürlich festgelegt werden, sondern nach gleichen Maßstäben erfolgen.
10. Die Wiesen und Äcker der Gemeinde, die sich unrechtmäßig angeeignet wurden, müssen zurückgegeben werden.
11. Die Steuer auf Erbschaften soll abgeschafft werden.
12. Sollte einer dieser Artikel nicht dem Willen Gottes entsprechen, muss er geändert werden.

Ulrich und Burkhard bemühten sich, alles zu lesen und zu verstehen.

»Wir sind mit der Situation der Bauern im Detail nicht vertraut«, äußerte sich Burkhard als Erster.

»Ich bin überzeugt, dass viele Artikel zu Recht bestehen«, Ulrich nickte, »es sind ja Forderungen, die den Thesen meines Vaters entsprechen. Welche Meinung habt Ihr, Heinrich Brömser von Rüdesheim?«

»Die Forderungen der Bauern setzen voraus, dass jedermann, egal ob Adliger, Bürgerlicher oder Bauer, es ehrlich meint und redlich handelt. Nun sind aber Menschen nicht grundsätzlich immer ehrlich und häufig auf den eigenen Vorteil bedacht. Den Forderungen der Bauern kann ich im Grundsatz zustimmen. Es wird nur schwierig, die Forderungen so zu fassen, dass jegliche Willkür bei der Umsetzung ausgeschlossen werden kann. Ihr wisst, ich bin inzwischen zum Vicedom im Rheingau ernannt worden und damit Stellvertreter des Erzbischofs. Ich muss natürlich dadurch auch den Willen des Erzbischofs vertreten. Ich weiß, dass sich Albrecht von Brandenburg auch positiv zu den Forderungen der Bauern stellt. Aber das eine oder andere Gespräch mit ihm muss darüber noch geführt werden. Nur unser Erzbischof ist nicht erreichbar. Er hält sich jetzt schon lange in Halle an der Saale auf. Ich fürchte, er will den Auseinandersetzungen aus dem Wege gehen.«

»Ich habe das Gefühl, das die Probleme mit den Bauern ein solches Gewicht haben, dass die Wiederherstellung der Gerechtigkeit für meinen Vater in den Hintergrund tritt.«

»Das ist wohl so, aber ich kann mit meinen Mitteln dafür Sorge tragen, dass Euer Anliegen, lieber Ulrich, nicht in Vergessenheit gerät«, Heinrich Brömser machte seinem jungen Freund Mut.

Verhandlungen

Am Abend des Tages erzählt Heinrich Brömser den beiden Freunden von den Erlebnissen der letzten Tage.

»Ich traf mich jetzt mehrfach mit den Vertretern der Bauern, sowohl in Eltville als auch in Winkel.

In Winkel haben wir gemeinsam mit den Bauern aus den ursprünglich zwölf Artikeln neunundzwanzig aufgestellt. Ihr seht, die Forderungen wurden ausgeweitet, genauer gesagt ausführlicher formuliert. Ich habe diese Forderungen an den Domdekan Lorenz Truchsess von Pommersfelden übergeben zur Bewilligung und Verbriefung. Dieser hat sich allerdings etwas Zeit erbeten.

Unser Erzbischof Albrecht von Brandenburg kehrte erst vor drei Tagen nach Mainz zurück. Er hielt sich ewig in Halle an der Saale auf. Ich sagte schon einmal, er spielte auf Zeit. Die Auseinandersetzung mit den Aufständischen war ihm unbequem.

Die zornigen Bauern nennen ihren Aufstand auch die ‚Empörung'. Sie haben sich auf der Wacholderheide versammelt. Die Wacholderheide liegt zwischen dem Kloster Eberbach und dem Rhein und ist eigentlich eine Viehweide. Das waren zuerst die Bewohner aus Winkel, Johannisberg und Eibingen und jetzt sind auch die aus Rüdesheim und Geisenheim dabei. Sogar Bürger aus Bingen und Algesheim sind dazu gekommen. Der Rheingau ist sowohl mit Adligen, mit Bürgern und Bauern vertreten, alle gehören zu den Aufständischen. Man hat ein Lager errichtet, hat Geschütze aufgestellt und eine Schanze aufgeworfen. Das alles entwickelt sich miserabel.

Am 2.5. fand dann eine Versammlung der Rheingauer Landschaft auf dem Wacholder statt. Man hat dort Friedrich von Greiffenklau zu Vollrads zum Hauptmann gewählt. Friedrich von Greiffenklau zu Vollrads ist übrigens der Bruder des Richard von Greiffenklau, dem Erzbischof von Trier, den Ihr auch kennt.

Friedrich hat sich zunächst gegen die Forderungen gewehrt, da sich einige Artikel auch gegen ihn richten, hat sich aber dann gebeugt. Ich habe mich vor zwei Tagen mit Friedrich getroffen und heute waren wir wieder zusammen.

Heute waren Friedrich und ich wieder auf dem Wacholder. Vertreter des Mainzer Domkapitels sollten dazu kommen, doch es regnete. Und im Regen wollten die feinen Herren aus Mainz nicht nass werden und wollten sich unbedingt im geschützten Kloster Eberbach mit uns treffen. Ich habe den Herren mitteilen lassen, dass sie gefälligst unverzüglich auf den Wacholder kommen sollten. Sie würden ansonsten in Gefahr kommen, denn die Aufständischen drohten, sie zu erschlagen.«

»Und? Hat Eure Aufforderung Wirkung gezeigt?«, wollte Ulrich wissen.

»Ja, sie kamen dann. Wenn ich den Zorn der Aufständischen sehe, fürchte ich, dass Schlimmes auf uns zukommt.«

»Was glaubt Ihr, müssen wir hier befürchten?«, fragte Burkhard.

»Ich kann es noch nicht absehen, glaube aber, dass alles gut gehen kann, wenn die Forderungen, zumindest zum Teil, erfüllt werden. Ich weiß aber nicht, wie unser Kaiser sich verhalten wird.«

»Sollen wir uns das einmal anschauen, was dort auf dem Wacholder passiert? Würdet Ihr dem zustimmen?«, wollte Ulrich wissen.

»Wenn Ihr dorthin gehen wollt, seid bitte sehr vorsichtig. Die aufgeputschte Masse der Menschen hat inzwischen begonnen, das Kloster Eberbach zu plündern. Sie holen sich aus dem Fass Wein und haben bereits damit angefangen, Kühe und Schafe des Klosters zu schlachten. Passt auf Euch auf, riskiert nichts und mischt Euch auf keinen Fall ein.«

Wacholderheide

»Von Euch habe ich schon viel gehört, Heinrich Brömser von Rüdesheim ist ein Freund unserer Familie, ich freue mich Euch kennenzulernen«, Friedrich von Greiffenklau zu Vollrads hatte Ulrich und Burkhard auf der Wacholderheide empfangen und führte sie über das Gelände. Überall lagen Männer auf der Wiese. Viele trugen Waffen und manche tranken Wein. Der Wein wurde in Eimern herumgereicht und der eine oder andere hatte schon ganz schön zugelangt und schlief seinen Rausch mit lautem Schnarchen aus.

»Das sieht so aus, als wolltet Ihr hier einen Krieg kämpfen. Wollt Ihr das?«, Burkhard fand die Situation sehr angespannt.

»Die Lösung wäre, wenn die hohen Herren, unser Erzbischof und endlich auch unser Kaiser, die Forderungen der Menschen hier im Rheingau billigen würden. Dann würde es friedlich ausgehen. Aber bedenket, dass sich die Empörung im ganzen Land, nicht nur im Rheingau, breit gemacht hat. Wie es ausgehen wird, weiß niemand.«

»Ihr seid dabei, mit den empörten Männern hier, die Vorräte des Klosters Eberbach zu plündern. Findet Ihr das rechtens?«

»Nein, das ist es nicht. Aber Ihr solltet Verständnis für die Menschen hier haben, die sogar fordern, dass das Kloster Eberbach abgeschafft wird. Wenn die alle Vorräte plündern, schaffen sie das Kloster von selbst ab.«

»Das bedeutet«, Ulrich war sehr aufgeregt, »dass auch die Mönche im Kloster in Gefahr sind?«

»Ich fürchte allerdings«, Friedrich von Greiffenklau wirkte kleinlaut, »die Situation hat sich gegen die Mönche entwickelt. Sie sollten sich besser in Sicherheit bringen.«

Ulrich sagten Danke bei Friedrich von Greiffenklau und verabschiedeten sich. Er und Burkhard machten sich schleunigst auf den Weg zum Kloster Eberbach. Ulrich war in großer Sorge um seinen Vater.

Es war ein Fußmarsch von nur 20 Minuten. Sie erreichten das Kloster, das gar nicht bewacht war und suchten nach Ulrichs Vater. Sie fanden ihn in der Bibliothek. Ulrichs Vater begrüßte die beiden und machte ihnen klar, dass er nicht viel Zeit habe. Er würde gerade mit seinen Mitbrüdern reden, die größtenteils das Kloster verlassen wollten, da sie um ihr Leben fürchten würden. Er selbst, so erklärte er, würde sich am kommenden Morgen auf den Weg machen und vorerst in den Brömserhof nach Rüdesheim kommen. Heinrich Brömser habe ihn eingeladen und er wolle dieser Einladung Folge leisten.

»Ich freue mich Vater, Euch morgen im Brömserhof in die Arme zu schließen, dort seid Ihr in Sicherheit.«

Ulrich und Burkhard machten sich zu Fuß auf den Heimweg. Nach gut drei Stunden erreichten sie Rüdesheim. Mittlerweile war es dunkel. Die Idee, noch einmal den Gasthof zur Linde aufzusuchen, gaben sie schnell wieder auf und wollten direkt zum Brömserhof. Sie überquerten den Marktplatz und liefen die Marktstraße hinauf und bogen in die Oberstraße ab.

Auf dem halben Weg zum Brömserhof sprang plötzlich ein Mann mit einem Schwert hinter einer Toreinfahrt hervor und griff, ohne einen Ton zu sagen, Ulrich an. Ulrich konnte dem Hieb ausweichen, doch der Angreifer setzte nach. Burkhard ergriff blitzschnell einen Stuhl, der vor einem Haustor stand und schleuderte diesen dem Angreifer an den Kopf. Der kam ins Straucheln und fiel auf die Straße. Sofort standen einige Rüdesheimer, die den Angriff beobachteten, um Ulrich und Burkhard herum, die den Angreifer inzwischen fixiert hatten.

»So ein feiger Hundsfott!«

»Bringt den Kerl in den Kerker.«

Die Zuschauer waren empört. Ulrich hatte dem Angreifer eine Maske vom Gesicht gerissen.

»Wer hat Euch geschickt?«, fragte er den Mann.

»Lasst mich gehen, es ist doch nichts geschehen«, stammelte der Kerl.

Inzwischen hatten einige Rüdesheimer Hilfe aus dem Brömserhof geholt. Selbst Heinrich Brömser von Rüdesheim hatte sich auf den Weg gemacht, als er von dem erneuten Angriff auf Ulrich vernahm.

Wächter des Brömserhofes nahmen den Angreifer in ihren Gewahrsam und führten ihn in den Kerker der Brömserhofes.

Am nächsten Morgen wurde der Unbekannte dem Heinrich Brömser von Rüdesheim vorgeführt. Ein Wächter brachte ihn herein und er musste im Raume stehen bleiben.

»Wer seid Ihr? Wie ist Euer Name?«

Der Mann schwieg.

»Es wird besser sein, wenn Ihr redet. Ihr werdet beschuldigt, den Versuch unternommen zu haben, jemanden zu töten. Diese Tat kann bei uns mit dem Tode bestraft werden. Das Urteil gegen Euch kann auch milder ausfallen, dazu ist es aber notwendig, dass Ihr mit uns redet und Antworten gebt. Also, wie ist Euer Name?«

»Georg Knochenhauer ist mein Name.«

»Wo lebt Ihr? In welchem Ort?«

»Ich wohne in Mainz.«

»Welchem Beruf geht Ihr nach?«

»Ich heiße Knochenhauer und bin ein Knochenhauer. Ich kaufe lebendes Vieh, schlachte es und biete das Fleisch zum Verkauf an.«

»Aus welchem Grunde wart Ihr gestern hier, mit einem Schwert?«

Der Knochenhauer schwieg erneut und senkte den Kopf.

»Redet, sonst werden wir Euch zwingen zu reden.«

»Man hat mir Geld geboten.«

»Wofür wurde Euch das Geld angeboten? Was solltet Ihr dafür tun?«

»Jemanden angreifen.«

»Solltet Ihr jemanden töten?«

»Ja, das sollte ich.«

»Und wen solltet Ihr töten?«

»Den Ulrich von Olmen.«

»Woher kanntet Ihr Euer Opfer?«

»Jemand hat ihn mir gezeigt.«

»Wer hat ihn Euch gezeigt, sprecht endlich. Muss ich Euch jedes Wort aus der Nase ziehen?«

»Ich war schon einmal hier, zusammen mit einem anderen Mann, der kannte den Ulrich von Olmen und hat ihn mir gezeigt.«

»Wann und wo war das? Los, redet.«

»In der Brömserburg war das. Der andere hatte eine Hakenbüchse, mit der er dann schoss. Aber der Falsche wurde getroffen. Ich stieß den Ulrich vom Dach der Burg. Der fiel hinunter und wir dachten, er wäre tot. Dann sind wir davongelaufen.«

»Wie hieß der andere? Der mit der Büchse?«

»Adam von Schöneck hieß der.«

»Und wer hat Euch den Auftrag zum Töten gegeben und Euch dafür Geld bezahlt?«

Wieder zögerte der Beschuldigte und sagte dann:

»Ingolf von Gramstadt, so hat er sich uns vorgestellt.«

Heinrich Brömser sprang von seinem Stuhl auf.

»Das ist ja nicht zu glauben, langsam kommt Klarheit in den Fall.«

Nachdem er sich wieder an den Tisch gesetzt hatte, fragte er den Schreiber, der das Verhör protokollierte:

»Hat er alles aufgeschrieben, was der Kerl hier ausgesagt hat?«

»Ja, alles, Wort für Wort.«

Dann wandte Heinrich Brömser sich wieder dem Knochenhauer zu.

»Steckt Ihr auch hinter dem Anschlag auf die Kutsche und auf den Anschlag beim Haus zum Loch?«

Der Beschuldigte nickte.

»Ja, das waren wir auch.«

»Ihr wart also immer zu zweit?«

»Ja, nur gestern nicht. Adam von Schöneck verkleidet sich immer als Mönch. Und wir sind beide dem Ulrich von Olmen gefolgt. Als Ulrich mit seinem Freund, den ich nicht kenne, Richtung Kloster Eberbach gingen, sind Adam und ich auch über die Wacholderheide gelaufen. Da haben die Aufständischen geglaubt, dass Adam tatsächlich ein Mönch sei und haben ihn zusammengeschlagen und die Knochen gebrochen. Ich war sicher, dass der Ulrich von Olmen, später nach Rüdesheim kommen würde und konnte von der Wacholderheide fliehen. Ich bin dann hierher nach Rüdesheim und habe gewartet, dass Ulrich kommen würde.«

»Noch eine Frage, wo habt Ihr den Ingolf von Gramstadt getroffen?«

»Adam und ich saßen häufig in Mainz in einem Gasthaus am Fischtor. Da kam eines Tages der Ingolf von Gramstadt herein, unterhielt sich kurz mit dem Wirt. Dann kam er zu uns an den Tisch und hat uns gefragt, ob wir uns etwas Geld verdienen wollen. Wir haben zugestimmt. Dann hat er uns gesagt, dass es um Ulrich von Olmen geht. Der Adam musste dann am nächsten Tag wieder dort am Gasthaus sein, ich hatte keine Zeit. Ingolf von Gramstadt holte den Adam mit der Kutsche ab und hat ihn zu einem Haus gefahren, Sie haben in der Kutsche gesessen und gewartet. Dann kam der Ulrich von Olmen zu dem Haus und stand davor und hat es lange betrachtet. Dann ging er wieder. Und so konnte sich Adam einprägen, wie Ulrich von Olmen aussieht. Als wir dann das mit der Kutsche gemacht haben, das mit der Bombe, da konnten wir nicht sehen, ob der Ulrich in der Kutsche sitzen würde. Aber er musste es sein, da fuhren sonst keine Kutschen auf dem Weg. Der Ingolf von Gramstadt meinte, dass wir sorgfältiger vorgehen müssten. Wir haben dann beim nächsten Mal den Ulrich mit seinem Freund in Rüdesheim beobachtet, wie sie durch das Haus zum Loch gingen und wir dachten, dass sie diesen Weg auch wieder zurückgehen würden. Dann sind wir dort auf das Dach gestiegen, haben einen Stein gelöst und ihn geworfen, als Ulrich zurückkam. Ingolf von Gramstadt war sehr wütend, dass es nicht geklappt hat. Dann gab er uns den Tipp, dass wir den Ulrich von Olmen beobachten und ihn verfolgen sollten und so geschah, das mit der Brömserburg.«

In dem Gefühl, dass der Heinrich Brömser von Rüdesheim ihn gut behandeln und vielleicht auch geringer bestrafen würde, entspannte sich Georg Knochenhauer mehr und mehr und wurde dabei richtig redselig.

»Wisst Ihr mehr über den Ingolf von Gramstadt? Wo er wohnt zum Beispiel? Andere Menschen, die ihn kennen?«, Heinrich Brömser wollte endlich hinter die Wahrheit kommen.

»Nein, ich würde es Euch erzählen, aber mehr weiß ich nicht.«

»Wie und wann habt Ihr das Geld von dem Ingolf von Gramstadt erhalten?«

»Wir haben uns nach den Taten wieder in dem Gasthof am Fischtor getroffen. Er gab uns dann die vereinbarte Summe. Münzen in einem Sack. Adam und ich haben das immer geteilt. Nachdem die Sache am Haus zum Loch nicht funktioniert hatte, gab er uns kein Geld. Er sagte, dass wir erst wieder Geld bekommen, wenn Ulrich von Olmen tot ist.«

»Euer Kumpan wurde gestern auf der Wacholderheide schwer verletzt. Wo ist er jetzt?«

»Ich weiß es nicht genau, aber ich hoffe, dass die Mönche von Kloster Eberbach ihn gefunden, ins Kloster gebracht und dort versorgt haben.«

»Weiß Ingolf von Gramstadt schon, dass Adam von Schöneck gestern verletzt wurde?«

»Nein, wie sollte er das erfahren haben. Ich konnte ihm die Nachricht ja nicht überbringen.«

»Nehmen wir einmal an, Ihr hättet gestern Abend den Ulrich von Olmen getötet. Was hättet Ihr dann gemacht? Wie hättet Ihr den Ingolf von Gramstadt benachrichtigt?«

»Ich wäre heute Abend, zusammen mit Adam in den Gasthof gegangen. Wir hätten gewartet und dann wäre Ingolf von Gramstadt gekommen, wir hätten unser Geld bekommen und das wäre es dann gewesen.«

»Der Ingolf von Gramstadt kann doch nicht wissen, ob Ihr im Gasthof am Fischtor seid. Wie hatte er erfahren, dass Ihr dort seid?«

»Das weiß ich auch nicht, darüber habe ich auch schon nachgedacht. Ich weiß nur, als wir den Ulrich auf dem Dach der Brömserburg angegriffen hatten, Ulrich vom

Dach stürzte und wir dachten, er wäre jetzt tot, saßen wir an dem Abend wieder im Gasthof und haben gewartet. Doch plötzlich kam der Wirt an unseren Tisch und richtete uns aus, dass Ingolf von Gramstadt erst in drei Tagen wieder kommen würde. Und so war es auch, drei Abende später war er da und gab uns das Geld.«

»Noch eine letzte Frage. Wie habt Ihr die Strecke von Mainz bis hier nach Rüdesheim bewältigt? Ihr seid doch sicher nicht zu Fuß unterwegs gewesen.«

»Ingolf von Gramstadt hat uns immer eine Postkutsche gemietet und mit einer Fähre, die er auch bezahlte. Mit Kutsche fuhren wir von Mainz nach Bingen und mit der Fähre hierher. Zurück sind wir gelaufen, denn in Rüdesheim oder Bingen kann man keine Postkutschen mieten.«

Heinrich von Brömser hatte genug gehört. Er ließ den Georg Knochenhauer wieder in den Arrest bringen und ordnete an, dass Ulrich und Burkhard sofort zu ihm kommen sollten.

Als die beiden erschienen, erzählte er ihnen ausführlich von dem Verhör und ließ sie auch das Protokoll lesen, damit wirklich alle Details richtig verstanden wurden.

»Damit steht für mich fest«, Ulrich grübelte, »dass die Anzeige gegen meinen Vater ganz bewusst erfolgte, und zwar von dem, der sich Ingolf von Gramstadt nennt. Er hat darauf spekuliert, nach einer Verurteilung, an die Besitztümer Vaters zu gelangen. Und das ist ihm auch gelungen.«

»Vielleicht hat der von Gramstadt ja gemeinsame Sache mit dem Inquisitor gemacht«, grübelte Burkhard.

»Oder mit dem Erzbischof Uriel von Gemmingen, dessen angeblicher Tod ja noch nicht geklärt ist«, ergänzte Heinrich Brömser von Rüdesheim.

»Offensichtlich plante der mysteriöse Ingolf von Gramstadt, Ulrich zu töten, damit er die erschwindelten Gebäude, die ja in Wahrheit Ulrich gehören, behalten könne. Anders kann ich mir das Ganze nicht vorstellen«, Burkhard war sich seiner Sache sehr sicher.

»Ich denke darüber nach, auf welche Art und Weise, der von Gramstadt von der Anwesenheit der Auftragsmörder in dem Gasthof am Fischtor in Kenntnis gesetzt wurde. Ich schlage vor, Burkhard und ich fahren heute Abend einmal dorthin, vielleicht erfahren wir mehr.«

»Das ist eine vorzügliche Idee«, Heinrich Brömser stimmte sofort zu, »natürlich nehmt Ihr meine Kutsche für die Hin- und Rückfahrt. Sagt dem Kutscher, dass er auf Euch, mit der Kutsche am Holzturm oder am Eisenturm auf Euch warten soll. Steigt in keinem Fall am Fischtor aus, vielleicht werdet Ihr dort beobachtet. Leider kann ich nicht mitkommen, ich muss noch Vorbereitungen treffen für ein weiteres Gespräch mit den Empörten auf der Wacholderheide. Übrigens, Ulrich, Euer Vater ist inzwischen hier eingetroffen und hat eine Kammer, oben, direkt neben Eurer.«

Ulrich bedankte sich und war voller Freude,

»Da Vater gut behalten hier eingetroffen ist, reicht es, wenn ich ihn morgen sehe. Heute ist mir wichtiger, den Hundsfott von Gramstadt aufzuspüren.«

Wenig später fuhr die Kutsche mit den zwei Freunden vom Brömserhof in Richtung Mainz.

Der singende Karpfen

Wie geplant stiegen Ulrich und Burkhard am Eisenturm aus der Kutsche und bedeuteten dem Kutscher dort auf sie zu warten.

Bis zum Fischtor war es nur ein Katzensprung entfernt. Sie sahen sich um nach einem Gasthaus. Das einzige Gasthaus, das der Beschreibung des Georg Knochenhauer entsprach, trug den Namen ‚Zum singenden Karpfen'. Der Name ließ erahnen, dass die dort verkehrenden Gäste mit Wein, Musik und Gesang feierten.

Von außen war das Haus fast schwarz, was auf eine zurückliegende Feuersbrunst schließen ließ. Sie betraten den Gastraum. Es war ziemlich dunkel darin und nur drei Gäste saßen an einem Tisch in der Ecke und spielten mit Würfeln.

Beide setzten sich an einen der freien Tische und warteten, bis der Wirt zu ihnen herüberkam. Sie bestellten sich jeder einen Becher mit Wein und tranken ihn langsam aus.

»Der Wein schmeckt scheußlich. Um den zu trinken, brauchst du Hornhaut auf der Zunge«, Ulrich schüttelte sich.

»Wir sind ja nicht hier, um Wein zu genießen«, flüsterte Burkhard dem Freund zu.

Nach einiger Zeit hatten sie ihre Becher geleert und der Wirt kam erneut zu ihnen.

»Wollen Ihr noch einen Becher?«, fragte er. Doch Burkhard schüttelte den Kopf und sagte:

»Nein, aber wir erwarten hier einen Freund. Der heißt Ingolf von Gramstadt, wisst Ihr, ob der heute noch kommen wird?«

Der Wirt blieb, wie vom Donner gerührt, stehen und überlegte einen Augenblick. Seine Pupillen verengten sich und er zischte die beiden an:

»Verschwindet, sofort. Verlasst mein Gasthaus, wer ein Freund von Ingolf von Gramstadt ist, hat hier nichts verloren, Haut ab, sonst hetze ich meine Hunde auf Euch.«

Ulrich und Burkhard verließen den Gasthof und standen etwas ratlos vor der Tür.

»Was war das denn jetzt? Offensichtlich ist der Wirt auch kein Freund von Ingolf von Gramstadt.«

»Oder er weiß, dass es niemanden gibt, der einen Ingolf von Gramstadt kennt. Weil er weiß, dass Ingolf von Gramstadt nicht existiert«, mutmaßte Burkhard.

»Was machen wir jetzt?«

»Wir gehen zurück zur Kutsche und lassen uns zum Hausener Hof fahren. Vielleicht treffen wir jetzt jemanden, der uns weiterhelfen kann.«

Sie gingen zurück zum Eisenturm, stiegen in die Kutsche und dirigierten den Kutscher zum Hausener Hof.

Der Kutscher hielt vor dem Gebäude und sie beobachteten das Haus, konnten aber nicht entdecken, dass jemand darin anwesend war. Zur Sicherheit stieg Ulrich aus der Kutsche und klopfte an die Tür. Nachdem sich im Haus nichts gerührt hatte, gaben sie dem Kutscher Order, zurück nach Rüdesheim zu fahren.

Albrecht von Brandenburg

»Wir haben morgen einen Termin beim Erzbischof von Mainz. Es hat lange gedauert, aber in aller Frühe fahren wir dorthin« Heinrich Brömser teilte das den beiden Freunden mit.

»Ich auch?«, fragte Burkhard.

»Das versteht sich doch von selbst. Ihr seid doch genauso tief in dem Fall drin. Ich habe uns drei Morgen bei Albrecht von Brandenburg angekündigt. Ich bin ziemlich sicher, dass wir eine Lösung für Ulrich und seinen Vater finden werden«, Heinrich von Brömser wirkte sehr überzeugt, von seinen Worten.

Um fünf Uhr am Morgen erhob sich Ulrich aus seinem Bett und machte sich reisefertig. Bevor er die Treppen hinabstieg, klopfte er an die Kammer, in der jetzt sein Vater wohnte. Albert von Olmen hatte darauf bestanden, dass Ulrich vor der Abreise in seine Kammer kommen solle.

Vater und Sohn nahmen sich in die Arme, dann ging Ulrich nach unten. Die Kutsche wartete schon. Bevor sie zu dritt losfuhren, öffnete Burkhard eine Tasche, zeigte den Inhalt und sagte:

»Ich habe für uns alle Brot und ein paar gekochte Eier mitgebracht. Wir müssen doch kraftvoll beim Erzbischof auftreten.«

Heinrich Brömser lachte, dass ihm die Tränen die Wangen herunterliefen. Er war stolz auf die beiden Freunde.

Nach dreistündiger Fahrt standen sie endlich vor dem Palais des Erzbischofs und wurden auch sogleich von Albrecht von Brandenburg empfangen.

Heinrich Brömser von Rüdesheim stellte zunächst die beiden Freunde dem Erzbischof vor und wollte dann die ganze Geschichte erzählen, doch der Erzbischof unterbrach ihn,

»Ich heiße Euch willkommen. Wenn mein Vicedom um ein Gespräch bei mir ersucht, wird es wohl eine große Wichtigkeit haben. Doch bevor wir darüber sprechen, muss ich Euch etwas erzählen. Ich bin sehr betroffen von dem, was im Land und speziell in Mainz und im Rheingau durch die Aufständischen geschieht. Ihr wisst, ich vertrete ein humanistisches Weltbild. Angesichts dessen stimme ich vielen Forderungen der Menschen zu, die da Reformen fordern. Ich habe auch Prediger hier in Mainz an den Dom berufen. Wolfgang Fabricius Capito und Kaspar Hedio sind hier und deren humanistische und reformatorische Predigten finden bei den Gläubigen großen Anklang. Ich zweifle aber, ob das Vorgehen der empörten Menschen, ob die Wege, die sie gewählt haben, die richtigen sind. Ihr seht mich daher in dieser Frage eher unschlüssig, denn nicht immer heiligt der Zweck die Mittel. Das wollte ich Euch vor unserem Gespräch kundtun.

So, bitte, jetzt möchte ich den Grund Eures Besuchs bei mir erfahren. Bitte Heinrich Brömser von Rüdesheim, berichte er mir.«

Der Angesprochene begann auch gleich. Er berichtete von der Verleumdung und die daraus entstandene Verurteilung Albert von Olmen durch den Inquisitor, von der unangemessenen Beschlagnahmung der Gebäude, die dem Ulrich von Olmen gehörten. Er ließ auch nicht die Mordanschläge, die auf Ulrich verübt wurden, aus und er erzählte von der falschen Identität des Ingolf von Gramstadt, der sich sowohl der Gebäude unberechtigt bemächtigt hatte und der auch wohl hinter den Mordanschlägen stecken würde.

Der Erzbischof hörte aufmerksam zu, was Heinrich Brömser erzählte und sprach dann:

»Ich werde den Vorfall unverzüglich untersuchen und wenn die Dinge so liegen, wie Ihr mir berichtet, werde ich das Urteil gegen Albert von Olmen aufheben. Wenn es so ist, wie Ihr sagt, dass ein Ingolf von Gramstadt in Wahrheit nicht existiert, also ein Mensch mit einer falschen Identität hier Schandtaten und Mordanschläge verüben lässt, müssen wir nur einen Weg finden, denselben zu entlarven. Das will ich auch gern überlegen.«

»Eure Hochwürdigste Exzellenz«, meldete sich Burkhard zu Wort, »mit Eurer Erlaubnis würde ich gern sprechen.«

»Bitte sprecht«, forderte der Erzbischof ihn auf.

»Ich sehe eine Möglichkeit, diesen Schwindler und Mörder zu entlarven. Wir könnten seiner habhaft werden, wenn wir ihn mit seiner herausragenden Eigenschaft, seiner Habgier, hereinlegen. Ich habe mir Folgendes überlegt. In unserem Lande und auch im Rheingau brodelt es und die Bauern drängen auf Veränderungen, sie fordern auch, dass reiche Adlige enteignet werden sollen. Wenn jetzt von Euch, von Eurer Hochwürdigsten Exzellenz verbreitet wird, dass nach einer Einigung mit den Aufständischen allen Adligen droht, enteignet zu werden. Und wenn Ihr weiterverbreitet, dass es eine Möglichkeit bestünde, die Besitztümer zu behalten, wenn die Betroffenen den Besitz unter den Schutz des Erzbischofs stellen. Das sei in den Verhandlungen mit den Aufständischen so gut wie vereinbart. In Wahrheit stimmt natürlich die Sache nicht, dass fordern die Aufständischen nämlich nicht. Aber wenn das hier in Mainz verbreitet wird, kann ich mir gut vorstellen, dass der falsche Ingolf von Gramstadt, seine Besitztümer beim Erzbischof unter Schutz stellen wird. Dann wissen wir, wer er ist.«

Albrecht von Brandenburg hatte den Vorschlag Burkhards mit großem Interesse verfolgt. Er lächelte und sagte:

»Eine kluge List habt Ihr mir vorgeschlagen. Das gefällt mir. Ich werde es noch einmal bedenken und dann in die Tat umsetzen. Ich bin selbst sehr neugierig, was sich daraus ergeben wird. Ihr erhaltet eine Nachricht von mir, wenn Erkenntnisse vorliegen. Wir können uns dann zeitnah wieder treffen. Ich hoffe, ich konnte Euch bei Euren Problemen helfen.«

Neuigkeiten

»Die Ereignisse hier im Rheingau nehmen einen Verlauf, von dem ich fürchte, dass er uns entgleitet. Wir verlieren die Kontrolle über all das, was passiert.«

Heinrich Brömser von Rüdesheim wollte seine jungen Freunde vom Stand der Verhandlungen mit den Aufständischen in Kenntnis setzen und saß mit ihnen zusammen.

»Inzwischen hat unser Erzbischof die endgültige Fassung der Forderungen der Aufständischen gebilligt. Stellt Euch vor, alle 31 Artikel, er akzeptiert die, das hätte ich nie geglaubt.

Und danach ist Folgendes geschehen. Der Hauptmann des Bundes Georg Truchseß hat an die Rheingauer und an die Mainzer geschrieben und sie aufgefordert, sich auf Gnade und Ungnade zu ergeben, sich zu unterwerfen.

Wisst Ihr, was das bedeutet? Wer sich auf Gnade und Ungnade unterwirft, überlässt es dem Sieger, ob er getötet wird oder nicht.

Inzwischen hat sich der Georg Truchseß von Waldburg mit dem Heer des Kurfürsten Ludwig von der Pfalz vereinigt. Und dieser Ludwig hat bereits niederländische Fußknechte angeheuert. Auch der Bruder von Friedrich von Greiffenklau zu Vollrads, Erzbischof Richard von Trier, hat sich diesem Heer mit seinen eigenen Truppen angeschlossen. Da ballt sich also etwas zusammen.«

»Das bedeutet, dass viele Menschen hier, die es gar nicht gelernt haben zu kämpfen, einer Armee mit ausgebildeten Soldaten gegenüberstehen würden. Da haben die

Aufständischen hier doch keine Chance«, Ulrich hatte sich regelrecht empört.

»So ist es wohl. Es läuft alles auf ein sinnloses Blutvergießen hinaus. Aber ich habe auch noch etwas Positives zu vermelden. Erzbischof Albrecht von Brandenburg hat uns aufgefordert, bei ihm morgen zu erscheinen. Wir fahren wieder zu dritt nach Mainz. Ich bin sicher, dass eine Lösung des Falls bevorsteht.«

Finale

»Nehmt Platz«, forderte Erzbischof Albrecht von Brandenburg die Rüdesheimer Gäste auf, nachdem die formelle Begrüßung abgeschlossen war.

»Ich muss zuerst mit Euch über die Situation im Rheingau reden, die Entwicklung bereitet mir große Sorgen. Ich muss Euch, Heinrich Brömser von Rüdesheim zu einer Sache auffordern, die Ihr und ich nicht gewollt haben. Die Schlacht des Bundesheeres mit den Aufständischen hat inzwischen viele Tausend Tote gefordert. Bei Königshaufen kamen 6000 Menschen ums Leben, ebenso viele vorher schon bei Bad Frankenhausen. Rothenburg ob der Tauber hat sich unterworfen. Ich muss anordnen, dass Ihr eine Truppe zusammenstellt und nach Pfeddersheim zieht. Dort sollt Ihr Euch den Bauern entgegenstellen. Die von Oggersheim aus gegen Oppenheim und Mainz ziehen wollen.

Es hat keinen Sinn, wenn Ihr Euch dagegenstellt, wir müssen uns fügen.«

»Ich habe genau das befürchtet. Ich weiß, ich muss meine Pflicht tun und ich werde es tun.«

Heinrich Brömser wirkte sehr niedergeschlagen und kraftlos.

»Jetzt will ich aber Euch die Lösung Eures Falles, ich meine das, was mit Albert von Olmen geschah, anbieten. Wir haben den Schuldigen und ich werde dafür Sorge tragen, dass er bestraft wird. Wir müssen das auch zügig abhandeln, bevor wir den Einfluss darauf verlieren. Ich fürchte, wenn wir uns auf Gnade und Ungnade unterwerfen, wird dieser Fall nicht mehr gerecht behandelt werden. Der Übeltäter, der den Albert von Olmen falsch beschuldigt hat und dem Inquisitor gefälschte Dokumente vorlegte, die schließlich zur Verurteilung führten, hat alles gestanden. Er gestand auch, die Mordanschläge, die mit Gottes Hilfe nicht zum Erfolg führten, veranlasst zu haben. Ich gehe davon aus, dass alle Taten, die er beging, mit dem Tode bestraft werden.«

»Eure Hochwürdigste Exzellenz, ich danke Euch«, Ulrich hielt es nicht länger aus, »bitte sagt uns, wer ist der Mann, der uns so viel Leid zugefügt hat?«

Erzbischof Albrecht von Brandenburg lächelte.

»Ich kann Eure Ungeduld gut verstehen. Wollt Ihr den Kerl sehen? Er ist hier und ich kann ihn Euch jetzt vorführen lassen.«

Er gab einem Büttel ein Handzeichen. Der drehte sich um und ging zu einer kleinen Seitentür. Zwei weitere Büttel schleppten einen Mann herein, der allein nicht mehr gehen konnte. Offensichtlich war er gefoltert worden und fast ohnmächtig. Sein Gesicht konnte zunächst keiner erkennen, denn er ließ den Kopf hängen.

Die Büttel legten den Körper auf den Boden, der Mann stöhnte vor Schmerzen. Einer drehte sein Gesicht so, dass es für alle erkennbar war.

»Onkel! Ihr? Ich kann es nicht glauben. Warum habt Ihr das getan?«

Doch Walter von Glaubitz konnte kaum sprechen und stammelte etwas Unverständliches in den Raum.

»Eure Hochwürdigste Exzellenz, seid Ihr sicher, dass Walter von Glaubitz der wahre Täter ist. Kann es nicht sein, dass er unter der Folter ein falsches Geständnis abgelegt hat?«

»Nein, keinesfalls. Er hat uns unter der Folter Beweise geliefert, die wir danach auch bestätigt fanden. Außerdem haben die zwei Attentäter, die von ihm beauftragt waren und auch der Wirt des Gasthofes ‚Zum singenden Karpfen', den Walter von Glaubitz als Anstifter identifiziert. Sein Geständnis ist also durch Beweise und durch Zeugen abgesichert. Er ist schuldig, er wird verurteilt.«

Heinrich Brömser, Ulrich und Burkhard standen von der Entwicklung des Falles fast unter einem Schock. Der geschundene Körper des Walter von Glaubitz wurde wieder aus dem Raum gebracht.

»Ich verspreche Euch, sein Körper und seine Seele werden bald erlöst sein und Walter von Glaubitz wird nicht länger leiden müssen. Das wäre auch unchristlich.«

»Er ist jetzt fort«, Ulrich hatte sich wieder einigermaßen vom Schock erholt, »ich hätte mir gewünscht, ihm noch zu sagen: ‚Niemals kann ich Euch vergeben, Onkel. Ich wünsche Euch, dass Gott Euch vergibt.'«

Personen im Roman

Ulrich von Olmen, Sohn, * 1499 in Mainz

Albert von Olmen, Vater von Ulrich, * 1478

Walter von Glaubitz, Onkel von Ulrich und Domherr in Mainz

Uriel von Gemmingen, * 29. Juni 1468; † 9. Februar 1514, Erzbischof in Mainz von 1508 bis 1514

Albrecht von Brandenburg, * 1490, † 1545, Mainzer Erzbischof von 1514 bis 1545

Heinrich Brömser von Rüdesheim, * 1473, † 1543, war später Vicedom im Rheingau von 1521-1532

Jakob van Hoogstraten, Inquisitor seit 1508 in Mainz, Trier und Köln

Burkhard von Hommen, Freund von Ulrich

Benediktinermönch Gregor, Mönch im Kloster Johannisberg

Abt Simon vom Kloster Johannisberg

Abt Nikolaus vom Kloster Eberbach

Anna Winter von Rüdesheim, Ehefrau des Wilhelm Brömser von Rüdesheim, kinderlos, † 1540

Benediktinermönch Martin, unkeuscher Beichtvater der Anna von Rüdesheim

Richard von Greiffenklau zu Vollrads, * 1467, † 1531, Erzbischof und Kurfürst von Trier von 1511-1531

Berthold von Breitenfels, wohnhaft in der Weißburg zu Rüdesheim

Martin Eschenheimer, Schiffsführer

Hans Wigand, Herold des Richard von Greiffenklau zu Vollrads

Stallmeister Eberhard Wamsen

Elisabeth, Dirne, die Ulrich im Gasthof ‚Zur Linde' kennenlernt

Johanna Leber, Freundin von Elisabeth

Maria, Dienstmagd am Brömserhof

Hermine Oberbach, eine von Ulrichs Geliebten

Im Nachhinein. Erklärungen und Fakten

Im vorliegenden Roman werden zum Teil Bezeichnungen benutzt, die zur Zeit der Geschichte üblich waren. Im Laufe der Zeit haben sich allerdings Namen und Begriffe verändert.

Hier finden Sie Erklärungen dazu.

Abschließend finden Sie eine zusammengefasste Darstellung des Bauernkrieges, die den Rheingau betrifft.

Burg Ehrenbreitstein

Die Festung Ehrenbreitstein ist eine seit dem 16. Jahrhundert bestehende, ursprünglich kurtrierische, später preußische Befestigungsanlage gegenüber der Moselmündung in Koblenz. Die Besiedlung des Ehrenbreitsteins ist schon für die Zeit um 4000 v. Chr. nachgewiesen. Um das Jahr 1000 befand sich hier wohl die von Erembert oder Ehrenbrecht aus lahngauisch-konradinischem Grafengeschlecht errichtete Burg Ehrenbreitstein. Nach einer ersten urkundlichen Erwähnung ging sie nach Kauf durch Erzbischof Poppo von Babenberg um 1020 in den Besitz der Fürstbischöfe von Trier über. Die Burg war der Brückenkopf für den rechtsrheinischen Besitz des Kurfürstentums Trier und galt als dessen sicherste Burg.

Erzbischof Richard von Greiffenklau zu Vollrads begann im frühen 16. Jahrhundert wegen der voranschreitenden Kriegstechnik mit dem Ausbau der Burg zu einer Festung. (Wikipedia)

Die Höhe (Taunus)

Der Name des Höhenzuges war bis in das späte 18. Jahrhundert schlicht und völlig unspezifisch „die Höh(e)", er hat sich in den Ortsnamen Bad Homburg vor der Höhe und Rosbach vor der Höhe erhalten.

Haus zum Loch (Klunkhardshof)

Der Klunkhardshof ist eines der ältesten und prächtigsten Gebäude in Rüdesheim. Das spätmittelalterliche Fachwerkwohnhaus wurde Mitte des 15. Jahrhunderts erbaut.

Der Klunkhardshof wurde früher "Haus zum Loch" genannt, weil man über einen ebenerdigen Durchgang verfügt.

(rheingau.de)

Kloster Eberbach, 1525

Das Kloster Eberbach ist eine ehemalige Zisterzienserabtei in der Nähe von Eltville am Rhein im Rheingau, Hessen. Das für seinen Weinbau berühmte Kloster war eine der ältesten und bedeutendsten Zisterzen in Deutschland.

Im „Heiligen Jahr" 1500 wurde das „Große Fass" erstmals gefüllt. Es hatte ein Fassungsvermögen von ungefähr 71.000 Liter Wein.

Im Jahr 1525 erreichte der Deutsche Bauernkrieg den Rheingau. Die aufständischen Bauern forderten die Auflösung der Klöster im Rheingau. Die Bauern lagerten auf der Wacholderheide vor dem Kloster Eberbach. Von dort aus plünderten sie Vorräte des Klosters, das Große Fass wurde zu fast zwei Dritteln geleert. Die aufständischen Bauern erzwangen eine Erklärung, der zufolge alle Rheingauer Klöster, darunter Eberbach, keine Mönche mehr aufnehmen durften. Nach dem Herannahen der Truppen des Schwäbischen Bundes ergaben sich die Bauern.

(Wikipedia)

Kloster Johannisberg

Im Jahr 1451 klagte der Kardinal Nikolaus von Kues, dass „das Kloster innerlich und äußerlich zerfallen" sei „infolge der unordentlichen Lebensweise der Mönche".

(Wikipedia)

Kloster Tiefenthal

Kloster Tiefenthal, in Martinsthal gelegen, war zunächst eine Benediktinerinnen-Abtei. 1242 trat der Konvent geschlossen zur Regel der Zisterzienserinnen über. Fortan unterstand das Kloster dem Abt des Klosters Eberbach.

(Wikipedia)

Lützelau

Als Lützelaue oder Lützelau wurde in Mittelalter und früher Neuzeit ein Ufergeländestreifen am Rhein zwischen Winkel und Geisenheim bezeichnet, welcher bis ins 17. Jahrhundert im Rheingau als Richt- und Versammlungsstätte, so für die Rheingauer Landtage, diente.

(Wikipedia)

Pulverturm (Adlerturm)

Der 20,5 Meter hohe spätgotische Eckturm der alten Stadtbefestigung wurde im 15. Jahrhundert erbaut und lag früher unmittelbar am Rhein und wird heute Adlerturm genannt. Der ursprüngliche Name war Pulverturm. Das im Kellergeschoss liegende Verlies war nur durch eine Öffnung im Gewölbescheitel zugänglich. Im vorigen Jahrhundert befand sich im Turm das Gasthaus „Zum Adler", von dem sich auch der Name des Turmes ableitet. Johann Wolfgang von Goethe nahm dort während seiner Rüdesheimer Aufenthalte Quartier.

(Notizen aus dem Stadtarchiv)

Rheintor

Wenige Meter nördlich vom Adlerturm befand sich das kleine „Rheintor" an der Einmündung der Schiffergasse in die Rheinstraße, das 1817 abgebrochen wurde. Für Wagengespanne war es zu schmal, sondern nur für Fußgänger und Reiter gedacht. Fuhrwerke mussten weiter nördlich die ‚Geisenheimer Pforte' als Hauptzufahrt durch die Hahnengasse zum Marktplatz nutzen.

(Notizen aus dem Stadtarchiv)

Weißburg zu Rüdesheim

Diese Feste im Bezirk ‚auf der Lach' wurde um 1100 (zeitgleich mit der Niederburg) erbaut und gehörte wohl den Füchsen von Rüdesheim oder war Stammsitz der Ritter von Rüdesheim. Die Burg wurde im Jahr 1300 durch Feuer zerstört. Nach Schmidt wurde die Burg bald nach der Errichtung zerstört, aber Ende des 15. Jahrhunderts umgebaut und als Lager- und Stapelplatz genutzt. 1526 ist sie als mainzisches Lehen des Melchior von Rüdesheim genannt. Am 11.8.1641 ordnete der Mainzer Kurfürst ihre restlose Zerstörung an, da immer wieder Wegelagerer in ihr Unterschlupf fanden. Die Anlage wurde 1959-60 ausgegraben, dann aber wieder zugeschüttet. Es handelt sich um eine Rechteckanlage mit Ringmauer und Gräben, im Inneren stand ehemals ein Wohnbau und ein etwas jüngerer quadratischer Eckturm. Oberirdisch sind keine sichtbaren Reste zu sehen.

(Burgenlexikon – Dr. Stefan Grathoff)

Anrede im Mittelalter

Ursprünglich wurde bei der Anrede allgemein die 2. Person Singular gebraucht („du"; lat „tu"), also auch bei der Anrede Höhergestellter. Im 11. Jh. begann die Verwendung der 2. Person Plural („ir"; lat „vos"; Pluralis reverentiae). Diese distanzbildende Form wurde bis zum Ende des MA. Gegenüber Höherstehenden, Geistlichen und Fremden beibehalten. Ranghöhere redeten Rangniedere mit „du" an. Kinder redeten so ihre Eltern an, Eheleute duzten sich untereinander. (Erst im 16. Jh. sollte unter hochgestellten Ehepartnern die Sitte des „Ihrzens" aufkommen.) Unter Standesgleichen duzte man sich weiterhin; einen Gleichgestellten mit „ir" anzureden, bedeutete Ablehnung, gar Provokation. – Im 15./16. Jh. kam es zu einer Abwertung des „ir"; man ging stattdessen zur Anrede in der 3. Person Singular („er", „sie") und 3. Person Plural („Sie") über. Die einfachen Leute benutzten weiter – auch gegenüber Höhergestellten – die Anrede „Du" und wurden mit „Du" angeredet.

Häresie und Ketzerei

Die Begriffe Ketzerei und Ketzer (nach der mittelalterlichen Bewegung der Katharer) waren ursprünglich synonym zu Häresie bzw. Häretiker. In der Gegenwart wird Ketzerei oft im Sinn einer beliebigen Abweichung von „einer allgemein als gültig erklärten Meinung oder Verhaltensnorm" verwendet. Die durchaus sympathisch gesehen werden kann, während Häresie und Häretiker auch heute noch auf die spezifische kirchlich-theologische und historische Bedeutung beschränkt sind.

(Wikipedia)

Hexenverfolgung

Die weitverbreitete Annahme, die vor allem im 15.–18. Jahrhundert stattgefundenen Hexenverfolgungen gingen hauptsächlich auf das Konto der kirchlichen Inquisition, ist historisch falsch. Die weit überwiegende Anzahl der Hexenprozesse wurde vor weltlichen Gerichten verhandelt. Parallelen in der Verhandlungsführung bestehen jedoch insofern, als sich auch weltliche Gerichtstribunale zur Hexenverfolgung des juridischen Instruments des Inquisitionsverfahrens samt Folter bedienten.

Obwohl der Anteil der Inquisition an der Hexenverfolgung zwar insgesamt gering ist, war sie dennoch daran nicht unbeteiligt.

Inquisition

Das Inquisitionsverfahren (lateinisch inquisitio ‚Befragung, Untersuchung') ist eine unter Papst Innozenz III. (1161–1216) entwickelte Form des Ermittlungs- und Strafprozesses. Das Inquisitionsverfahren wurde zunächst als Verfahren gegen Kleriker im innerkirchlichen Bereich angewendet. Es etablierte sich in den ersten Jahrzehnten des 13. Jahrhunderts zur Grundlage von Prozessen im Rahmen der Inquisition, die ihren Namen von dem Verfahren ableitet, entwickelte sich im Laufe des Spätmittelalters zur Hauptverfahrensform der weltlichen und geistlichen Gerichtsbarkeit und kam als solche bis ins 18. Jh. zum Einsatz. Der Vorsitzende eines geistlichen Inquisitionsgerichtes wurde als Inquisitor bezeichnet und war Ankläger und Richter in Personalunion.

Die Hinrichtung wurde nur bei schwersten Vergehen verhängt. Wer zum Beispiel die göttliche Natur von Jesus bestritt oder die Existenz von Himmel und Hölle leugnete und dies auch nicht vor dem Gericht zurücknahm, wurde als hartnäckiger, unverbesserlicher Ketzer hingerichtet. Aber auch rückfällige Ketzer endeten auf dem Scheiterhaufen.

Die Inquisition war zur Ausführung der Bestrafung auf die Zusammenarbeit mit der weltlichen Macht angewiesen. Der Inquisitor hatte nicht von sich aus die Macht, Verdächtige zu verhaften und hinrichten zu lassen. Deshalb übergab der Inquisitor die Verurteilten dem Magistrat oder dem Baron der Stadt zur Durchführung der Strafen.

Kreuzglocke

Die Kreuzglocke läutet zu den Tageszeiten, an denen die Gemeinde der Passion Christi gedenken soll: 11 Uhr Kreuzigung, 15 Uhr Todesstunde Jesu.

Ringkampf

Ringen gehört spätestens seit dem Spätmittelalter auch zum Repertoire in der militärischen Nahkampfausbildung. Beschrieben wurde dies zum Beispiel im Jahre 1459 im Fechtbuch von Hans Talhoffer.

Stadtverweis

Anders als oftmals propagiert war die alltägliche Strafpraxis des Mittelalters keineswegs nur von Körperstrafen und Hinrichtungen beherrscht. Neben Geldbußen gilt der Stadtverweis und damit der Ausschluss aus der städtischen Gemeinschaft als die von mittelalterlichen und frühneuzeitlichen Gerichten wohl am häufigsten verhängte Strafe.

(Wikipedia)

Die Mainzer Erzbischöfe

Uriel von Gemmingen

Von 1508 bis 1514 war er Erzbischof des Erzbistums Mainz. Damit stand er an der Spitze der größten deutschen Kirchenprovinz und war einer der sieben Kurfürsten; als Erzkanzler für Deutschland hatte er den höchsten Rang. Uriel von Gemmingen war ein Vertreter der innerkirchlichen Reform.

Ab 1510 war Uriel von Gemmingen als Mainzer Erzbischof mit dem sogenannten Judenbücherstreit befasst. Kaiser Maximilian I., der zunächst auf Drängen Johannes Pfefferkorns mit dem Mandat von Padua vom August 1509 verfügte, jüdische Bücher in Deutschland zu beschlagnahmen.

Im Alter von nur 45 Jahren ist Uriel von Gemmingen am 9. Februar 1514 an den Folgen eines zwei Tage zuvor erlittenen Schlaganfalls gestorben. Am 12. Februar wurde er im Kreuzgang des Mainzer Doms beigesetzt.

Uriels früher und plötzlicher Tod gab Anlass zu Spekulationen. In Aschaffenburg habe Uriel seinen Kellermeister mit dessen Bandmesser im Zorn erschlagen, nachdem er ihn des Nachts beim Weindiebstahl überraschte. Von bitterer Reue ergriffen, sei er kurze Zeit später, begleitet von 150 Reitern nach Mainz aufgebrochen. Trotz des dichten Nebels sei er in der Nacht mit einem kleinen Boot allein über den Rhein gerudert und habe sich in die Martinsburg begeben, wo er erkrankt und wenige Tage später gestorben sei. Diese Geschichte scheint bei Weinliebhabern noch immer erzählenswert zu sein, wie einer Zeitschrift zu entnehmen ist.

„Manche Schriftsteller meinen", schreibt Stocker, dass Uriels Tod nur vorgetäuscht wurde und der erschlagene Kellermeister an seiner Stelle mit bischöflichen und fürstlichen Ehren und Pomp im Mainzer Dom beigesetzt wurde. Er selbst soll sich nach Italien begeben haben, in einem Kartäuserkloster noch viele Jahre gelebt und nach seinem Tode nur ein schlichtes Begräbnis erhalten haben.

(Ausschnitte aus Wikipedia)

Albrecht von Brandenburg

Mainzer Erzbischof mit einer Amtszeit 1514-1545, geb. 1490, gest. 1545.

Obwohl der 23-jährige Markgraf Albrecht von Brandenburg bereits Erzbischof von Magdeburg und Bistumsadministrator von Halberstadt war, wählte ihn das Domkapitel vor allem aus finanziellen und politischen Gründen zum Erzbischof von Mainz. Denn die dritte Erzbischofswahl in so kurzer Zeit überstieg wegen der Palliengelder die finanziellen Möglichkeiten des Erzstiftes. Albrecht versprach, alle Kosten persönlich zu übernehmen.

Außerdem hoffte das Domkapitel, dass Albrechts Bruder, der mächtige Kurfürst von Brandenburg, in dem Streit um die thüringischen Besitzungen die Mainzer Seite unterstützen und vor einer Intervention Kursachsens bewahren würde. Für die Bestätigung seiner drei Bistümer musste er dem Papst etwa eine halbe Million Mark bezahlen und stürzte sich darum bei dem Bankhaus Fugger in Augsburg in große Schulden. Albrecht erwirkte vom Papst auch den Auftrag, den für den Bau der römischen Peterskirche ausgeschriebenen Ablass in seinen Diözesen und in Brandenburg verkünden zu lassen. Vereinbart wurde, dass die Hälfte der eingehenden Gelder zur Schuldentilgung an die Fugger abzuführen sei.

Dieses Geschäft und die Art und Weise, wie der Ablass verkündigt und das Geld eingetrieben wurde, veranlasste - neben anderen Missständen - den Wittenberger Theologieprofessor und Augustinermönch Martin Luther zur Abfassung seiner 95 Thesen. Dies löste die *Reformation* aus. Kurfürst Albrecht, seit 1518 auch Kardinal, repräsentiert den Typ des einen aufwändigen Lebensstil führenden Renaissancefürsten: humanistisch gebildet, wissenschaftlich vielseitig interessiert, mit berühmten Gelehrten befreundet, Kunstsammler und Mäzen vieler Künstler. Er zeigte wenig Interesse für theologische Fragen, wie sie von Luther aufgeworfen wurden. Er leitete daher bereits im Dezember 1517 Luthers Thesen, die dieser ihm als seinem zuständigen Bischof eingereicht hatte, zur Begutachtung und Entscheidung an die römische Kurie weiter. Er bezog in dem konfessionellen Streit keine feste Position und duldete auch mehrere Freunde Luthers an seinem Hof. Erst seit dem Bauernkrieg im Jahr 1525 verband er sich stärker mit altgläubigen Fürsten.

Albrecht entwickelte sich gegen Ende seines Lebens zunehmend zu einem erbitterten Gegner der Reformation, als diese auch Magdeburg, Halberstadt und 1541 selbst seine Lieblingsresidenz Halle erfasst hatte und auch große Teile des Mainzer Erzstiftes verlorengegangen waren. Zur Festigung der altgläubigen Position berief er 1542 den "ersten *Jesuiten* in Deutschland", Peter Faber, an die Mainzer Universität. Kurfürst Albrecht verstand es, tüchtige und qualifizierte Beamte an seinen Hof zu ziehen. Mit ihrer Hilfe führte er frühmoderne Verwaltungsreformen durch. Das Hofgericht wurde als zentrale Gerichtsinstanz für alle Landesteile des Kurstaates eingerichtet. In der Stadt Mainz erinnern heute vor allem das eindrucksvolle Denkmal im Dom und der Marktbrunnen an den brandenburgischen Renaissancefürsten auf dem "Heiligen Stuhl zu Mainz".

(regionalgeschichte.net)

Der Bauernkrieg im Rheingau
Auszüge aus dem Artikel von Reiner Bremser, Oberursel

23.4.1525 Beginn des Aufstandes im Rheingau – und zwar in Eltville.

25.4.1525 Verhandlungen des Vicedom Heinrich Brömser mit den Aufständischen in Eltville.

29.4.1525 Versammlung in Winkel; Verhandlungen mit dem Vicedom; Übergabe der Forderungen in 29 Artikeln.

Ab 2.5.1525 Versammlung der Rheingauer Landschaft auf dem Wacholder; sie wählen Friedrich von Greiffenklau zu Vollrads zu ihrem Hauptmann; Friedrich wehrt sich anfangs, einige der Artikel anzuerkennen, weil sie auch gegen ihn gerichtet sind, muss sich aber kurze Zeit später beugen.

5.5.1525 Lorenz Truchseß von Pommersfelden, Dekan des Domstifts zu Mainz, schließt mit der Stadt einen Vertrag, der dem Domstift den Verbleib in der Stadt sichert.

5.5.1525 Der Mainzer Marschall Caspar Lerch von Dirmstein sowie der Burggraf von der Martinsburg Wilhelm Brömser von Rüdesheim schließen einen vergleichbaren Vertrag mit der Stadt Mainz.

7.5.1525 Verhandlungen in Eltville mit Vicedom und Friedrich Greiffenklau.

9.5.1525 Große Versammlung auf dem Wacholder mit Friedrich Greiffenklau, Vicedom Heinrich Brömser sowie Vertretern des Domkapitels; es regnet und die kirchlichen Vertreter wollen zunächst lieber vom nahen Kloster Eberbach aus verhandeln. Doch der Vicedom mahnt sie, unverzüglich auf dem Wacholder zu erscheinen, wenn sie nicht alle erschlagen werden wollen. Dies zeigt, dass der Vicedom großen Respekt vor den Aufständischen und vor deren potenziellen Gewalttaten hatte.

19.5.1525 Bewilligung der endgültigen Fassung der Forderungen der Rheingauer in 31 Artikeln durch den Erzbischof von Mainz.

10.6.1525 Graf Eberhard von Königstein und Vicedom Heinrich Brömser besprechen sich mit Graf Wilhelm von Nassau.

11.6.1525 Schreiben des Grafen Eberhard von Königstein und Vicedom Heinrich Brömser an den Statthalter. Schlagen vor, der Statthalter möge sich mit dem Schwäbischen Bund vereinigen, damit er umso stattlicher im Namen des Bundes und neben dem Bund die Strafen vornehmen könne.

11.6.1525 Schreiben des Hauptmanns Georg Truchseß an die Rheingauer und Mainzer; fordert sie auf, sich auf Gnade und Ungnade zu ergeben; er ernennt den Mainzer Hofmeister Frowin von Hutten zum Hauptmann des Bundes, um die Unterwerfung entgegenzunehmen.

13.6.1525 Brief des Vicedom Heinrich Brömser aus Nieder-Olm in Rheinhessen, wo Heinrich Burgmann war und wo er wohl seine Truppe zusammengestellt hat – an den Kanzler; will am 14.6. mit 100 Reitern nach Alzey aufbrechen und am

15.6.1525 weiter nach Pfeddersheim, wo sie auf die Bauern warten wollen, die von Oggersheim bei Ludwigshafen kommend, gegen Oppenheim und Mainz ziehen wollen.

16.6.1525 Statthalter Wilhelm von Straßburg leitet aus Steinheim am Main das Schreiben des Hauptmanns des schwäbischen Bundes mit dringender Befürwortung an den Rheingau weiter, um einen Einmarsch des schwäbischen Bundes in den Rheingau zu verhindern.

20.6.1525 Die beiden Schreiben werden in allen Rheingauer Gemeinden verlesen.

20.6.1525 Kurfürst Ludwig von der Pfalz und Erzbischof Richard von Trier ziehen bis Dieburg, um am folgenden Tag, dem 21.6.1525 weiter nach Oppenheim zu ziehen. Dort will sich der Vicedom Heinrich Brömser mit ihnen vereinen.

Außerdem sind unterwegs:

- Georg Truchseß von Waldburg und der schwäbische Bund

- Graf Ottheinrich von Bayern

21.6.1525 Einige Rheingauer Gemeinden folgen der Aufforderung und entsenden Vertreter zum Statthalter zu Unterwerfungsverhandlungen. Diese treffen den Statthalter nicht mehr in Steinheim an und müssen ihm über Oppenheim nach Pfeddersheim nachreisen, wo sie kurz nach der Schlacht ankommen.

22.6.1525 Die Zünfte der Stadt Mainz stellen eine Vollmacht zu den Unterwerfungsverhandlungen mit dem Hofmeister Frowin von Hutten als ernanntem Vertreter des schwäbischen Bundes aus.

23. und 24.06.1525 Schlacht von Pfeddersheim: Das Heer des Schwäbischen Bundes unter Hauptmann Georg Truchseß von Waldburg schlägt die Bauern. Die Bauern versuchten am 23.6. einen Ausfall, der jedoch zurückgeschlagen wurde. Danach ergaben sie sich auf Gnade und Ungnade.

Beim Auszug am 24.6. wurden 800 Bauern ermordet.

Getötete: 800 (4000 nach den Gerüchten von Zeugen der Schlacht)

24./25.6.1525 Die vom Rheingau entsandten Vertreter treffen im Feldlager vor Pfeddersheim ein. Sie berichten von einer großen Niederlage und Jammer nach Hause. Sie seien mit ihren Karren zum Teil über die Leichen der Getöteten gefahren, die überall auf den Straßen liegen. Sie bitten dringend ihre bisher noch unnachgiebigen Weggefährten daheim, sich auch zu ergeben.

26.6.1525 Statthalter Wilhelm von Straßburg nimmt im Feldlager vor Pfeddersheim zwei Tage nach der gewonnenen Schlacht die Unterwerfung der Rheingauer entgegen.

27.6.1525 Besiegelung der Niederlage: Die Vertreter des Rheingaus ergeben sich dem Statthalter auf Gnade und Ungnade und unterwerfen sich zahlreichen Forderungen. Sie müssen 15.000 Gulden Kriegskosten entrichten und dazu ihre Geschütze und Harnische abgeben.

28 bis 30.6.1525 Das Feldlager wird aufgelöst. Die inzwischen stark zusammen geschmolzenen Heere ziehen in ihre Heimat, erst 4 - 6 Tage nach der Schlacht! Alle Beteiligten haben also den Sieg reichlich ausgekostet und zur Machtdemonstration ausgenutzt!

1.7.1525 Verschreibung der Stadt Mainz über ihre Unterwerfung; besiegelt und bezeugt wie am 22.6.

14.7.1525 Diejenigen 9 Rädelsführer des Rheingaus, die Hauptmann Frowin von Hutten zu Hause angetroffen hatte, wurden abgeführt; sie werden in Eltville hingerichtet. Ihre Familien und diejenigen weiterer Entflohener sollen durch den Vicedom Heinrich Brömser enteignet werden.

27.7.1525 Formelle Unterwerfungsurkunde des Rheingaus.

31.7.1525 Urfehde und Verschreibung der angeklagten Binger Bürger; sie werden ausgewiesen. Frowin von Hutten ist der Vollstrecker in seiner Rolle als „verordneter Feldhauptmann des schwäbischen Bundes".

27.10.1525 Der Statthalter verkündet Geleitschutz für die Geflohenen, wenn sie Ende November freiwillig zurückkehren und sich verantworten.

Es handelt sich hierbei nicht um eine Amnestie, sondern nur um die Zusage, dass die geflüchteten Beteiligten des Bauernaufstandes nicht von der Obrigkeit ermordet werden, sobald sie aufgegriffen werden. Man beachte, die Rheingauer haben sich „auf Gnade und Ungnade ergeben". Bei Ungnade drohte ihnen der sofortige Tod ohne vorherigen Prozess!

Anfang Dezember 1525 Die Zurückgekehrten werden verhört. Die Ergebnisse des Verhörs sollen dem Statthalter zur weiteren Entscheidung vorgelegt werden. Der ist aber kurz zuvor für eine Besprechung mit dem Erzbischof nach Erfurt abgereist. Es wird daher bestimmt, dass die zurück gekehrten bis auf Weiteres wieder ausgewiesen werden.

14.12.1525 Die zunächst geflohenen, dann zurück gekehrten Beteiligten des Rheingauer Aufstandes müssen erneut das Land verlassen.

17.3.1526 Die Ausgewiesenen dürfen erneut zurückkehren; sie werden von Vicedom Brömser über ihr weiteres Schicksal aufgeklärt. Es werden drei Gruppen von Personen unterschieden:

- Ein Teil darf dauerhaft zurückkehren, muss sich jedoch zur weiteren Verantwortung bereithalten.

- Ein weiterer Teil muss bis zur Entscheidung des EB außerhalb des Rheingaus verharren und diesen also wiederum verlassen.

- Der dritte Teil wird sofort des Landes verwiesen und muss sich mindestens 10 Meilen davon entfernt aufhalten.

Ende März 1526 erfolgt die endgültige Bestrafung der ersten beiden Gruppen der Aufrührer. Es werden Geld-

und Sachstrafen, diesmal aber keine Hinrichtungen verhängt.

April/Mai 1526 Als Erzbischof Albrecht von Brandenburg wieder in seine Mainzer Gebiete zurückkehrt, reist eine Delegation von Rheingauern unter der Führung des Vicedom Heinrich Brömser nach Aschaffenburg, um beim Erzbischof die Begnadigung der Ausgewiesenen zu erlangen. Dieser stimmt dem Antrag unter der Bedingung zu, dass die Ausgewiesenen Abbitte leisten und ein Gelübde ablegen, sich künftig friedlich zu verhalten.

1.6.1526 Vicedom Brömser hat alle des Landes Verwiesenen nach Eltville geladen und verliest ihnen das Gelübde. Er stellt ihnen frei, das Handgelöbnis abzulegen und zurückzukehren oder ihr gesamtes Hab und Gut zu verkaufen und das Land Rheingau zu verlassen. Alle haben es vorgezogen, zu bleiben.

1527 Die neue Landesordnung des Erzbischofs schränkt die Freiheiten und die Selbstverwaltung des Rheingaus wesentlich ein. Sie ist als direkte Antwort des Erzbischofs auf den Aufstand zu sehen.

Autor Michael Tosch

Ich bin Michael Tosch, Jahrgang 1944 und lebe in Rüdesheim am Rhein.

Als Coach für Manager habe ich Führungskräfte und solchen, die es werden wollten, beraten, trainiert und zum Erfolg verholfen. Hauptsächlich ging es um die Verbesserung der Kommunikationsfähigkeiten, der Rhetorik, sowie bei Präsentationen und Mitarbeiterführung.

Während meiner mehr als vierzigjährigen Praxis schrieb ich diverse Fach- und Drehbücher, führte Regie bei Lehrfilmen und agierte dabei auch als Schauspieler.

Diese Erfahrungen brachten mich letztlich dazu, Bücher zu schreiben. Meine Erfahrungen als Vater und Großvater zeigten mir den Weg zum Jugendbuch und viel Fantasie und Kreativität zum Autor von Kriminalromanen.

Weitere Bücher des Autors

Juist Krimi

Auch ein Mörder macht mal Urlaub

Michael Tosch

ISBN: 978-3-754949-33-7

In der Nähe des Hafengebäudes auf Juist wird eine männliche Leiche im Watt gefunden. Kriminalhauptkommissar Markus Niemand und Kriminalkommissarin Helga Weilburger werden von der Polizeiinspektion Aurich/Wittmund nach Juist beordert.

Sie machen sich zusammen mit ihren Kollegen von der Polizeistation Juist auf die Suche nach dem Mörder.

Bei ihren Ermittlungen stoßen sie auf weitere Straftaten, finstere Gestalten, krumme Hunde und liebenswerte Menschen. Sie sorgen dafür, dass am Ende das Töwerland wieder zur schönsten Insel der Welt wird.

Juist Krimi

Erstens kommt der Mörder und zweitens bist du tot

Michael Tosch

ISBN: 978-3-756511-35-8

Ein Penthaus auf Juist wird von fünf Freunde als Liebesnest genutzt, indem sie ihre Freundinnen für eine Woche mitbringen. Als die Clique mit einem Privatflugzeug auf Juist landet, entdecken sie einen der Freunde, der vorab anreiste, ermordet in der Küche liegen.

Der Versuch, den Mord vor der Polizei zu verbergen, führt zu einem Anschlag, bei dem ein weiterer Freund schwer verletzt wird.

Die Kommissare Markus Niemand und Helga Weilburger von der Polizeiinspektion Aurich/Wittmund versuchen das komplizierte Knäuel aus Lügen, Bedrohungen und falschen Fährten zu entwirren. Sie werden dabei von ihren Kollegen von der Polizeistation Juist tatkräftig unterstützt.

Kinderbuch

Marvins Abenteuer

Wie Marvin den Krieg der Tiere verhinderte

Michael Tosch

ISBN: 978-3-754943-94-6

Marvin, ein neunjähriger Junge, wird durch eine magische Schlange in die Lage versetzt, die Sprache der Tiere zu verstehen. Sie bringt ihn zu den Tieren des Grünwaldes. Diese bitten ihn ein Problem zu lösen, denn die Tiere des Buschlandes wollen die Tiere des Grünwaldes aus dem Wald vertreiben.

Marvin führt mit beiden Seiten Gespräche und als sein Opa ihm einen Ratschlag gibt, stellt er eine Falle und entdeckt, wer hinter der Intrige steckt.

ISBN 978-3-7575-0153-2

www.epubli.de